マドンナメイト文庫

魔改造 淫虐の牝化調教計画

小金井 響

目次

contents

魔改造 淫虐の牝化調教計画

第一章　恥辱の男の娘オナニー

「翠(すい)くんって、珍(めずら)しいお名前ね。なにか意味があるの？」

履歴書を見ながら女社長の平沢玲子(ひらさわれいこ)は微笑(ほほえ)みを浮かべて、向かい合う加藤(かとう)翠の、頬が少し赤らんでいる幼げな顔を見つめてきた。

「は、はい。母が僕を産んだときに病室の窓から見える木にカワセミがとまっていて、その羽の色からとったそうです」

人生で二度目の入社面接に緊張している翠は、少し声をうわずらせて答えた。

肩に力が入っている理由はそれだけではない、社長の玲子は唇は笑っていてもその大きな瞳は鋭くこちらを見つめていたからだ。

「なるほど」

厳しい目のまま玲子は履歴書に視線を落とした。変わった名前であることが引っかかっているのか。

(読みにくい名前だと思われたのかな……)

社長室で経営者自らによる面接。しかもこの会社は女性用下着専門のメーカーだ。

ネットで見たところ社員のほぼ全員が女性。翠の歳は十九歳で、立派な男だが、先輩の紹介もあり、なぜかこの会社の試験を受けることになった。

(でも落ちるわけには……)

高校を卒業し、春から就職した会社が、なんと半年も経たずに倒産してしまった。寮も完備の工場だったから、翠は同時に住むところもなくすことになり、途方にくれてしまった。

地元には自分を母一人子一人で育ててくれた実母がいるが、翠の卒業と同時に再婚し新生活を始めているので戻るというわけにもいかない。

「うちが入っている会社に社員を探しているところがあるから受けてみるか? 寮としてワンルームマンションも用意しているみたいだし」

そんなときに救いの神が現れた。地元の中学の先輩である増村雄大だった。

彼は成績もかなりよかったが、大学は必要ないと卒業後すぐに父親が経営しているIT関連の会社に就職し、言葉どおり学歴など関係ないとばかりに東京支社でバリバりと働いている。

販路もかなり拡大しているらしく、そのひとつである女性用下着メーカーMMが若い男性の社員を探していると聞いて翠を紹介してくれたのだ。

(頑張って受かろう)

翠のことを思って就職先を探してくれた増村をがっかりさせないためにも、翠は絶対に落ちるわけにいかないのだ。

「そう、いいお名前ね。あなたによく似合っているわ」

厳しい目に少しびびっていた翠の耳に優しげな声が聞こえてきた。顔をあげると玲子の顔が柔らかくなっている。

「ありがとうございます。そういうふうに言われたことがないので嬉しいです」

翠という名前は自分では気に入っているが、よく女の子のようだと馬鹿にされたりもした。

それは翠の容姿にも関係があった。

「増村さんからモデルの話は聞いているかしら」

「あ、はい、聞いてますが、僕なんかに務まるのでしょうか?」

MM社が翠を採用するにあたっての条件のひとつが、新発売する下着のカタログモデルを務めるというものだった。

女性用の下着を通販サイトで販売して伸びてきた会社だが、こんどは男性用下着にも進出するつもりなのかもしれないと、詳しくは聞いていないと前置きしたうえで増村が語った。

ただ、翠は身長が百六十センチと男性としてはずいぶんと小柄なほうで、長身ですらりとした男たちが揃っている、ファッションモデルからはかけ離れていた。

「いいのよ、そのままで、顔立ちも可愛いしうちのイメージのぴったりだわ。きっとよく似合うと思う」

翠が女の子のようだと言われるのは名前だけではない。そのさらさらとした細めの黒髪、丸みのある色白の頬、さらには二重の大きな瞳と、細身で華奢な身体と相まって、まさに美少女のような見た目からもきていた。

ただ、もちろんだが胸も膨らんではいないし、男の人を好きになったりした経験もなく、心はまっとうな男だった。

「か、可愛いですか？　は、はい。ありがとうございます」

だから女の子のような褒め方をされるのには抵抗があるのだが、どうしても受かりたい翠は、ただ笑って答えるしかなかった。

「いい笑顔ね。採用します。寮のマンションもすぐに準備させるようにするわ」

増村から翠が置かれている状況は聞いているから、とりあえずは住むところを確保して安心してくれと、玲子は言った。

「あ、ありがとうございます」

家なしになることが避けられて、翠はほっとする思いで頭を下げた。


「よかったじゃないか、頑張れよ!」

もちろんだが、翠は先輩の増村にすぐに連絡を入れた。

「でも辞めたときの違約金が三千万っていうのは、ちょっと怖いです……」

翠はMM社と一年間は契約モデルということになり、その後、正社員として採用されるという話となった。

契約にあたって玲子から出された給与は、高卒一年目ではとうていもらえないような金額だったが、引き換えとしてモデルを辞退したさいに払わなくてはならない額も高額だった。

「ひとつのプロジェクトが飛ぶってなると、そんな金額どころじゃないよ。試作品とか作って何年も準備をしてたんだろうし」

それを聞いた増村の答えは、社会というものの厳しさを教えてくれるものだった。

確かにそれまでの社員たちの労力をモデルの問題でだめにしたりしたら、会社へのダメージはかなりのものだろう。

スキャンダルを起こした芸能人がCMのスポンサーに違約金を払ったというような話も聞いたことがある。

「はい、採用してくれた社長の力になれるように。増村さんの顔も立てられるように頑張ります」

「俺の顔なんて、どうでもいいから。自分のために努力しろよ」

優しい先輩の声に応えられるように、翠は一生懸命にならなければと誓った。

「えっ？」

MM社が一棟まるごと借り受けているというワンルームマンションへの引っ越しもすませ、契約書へサインもしたあと、初出社となった翠は絶句して固まっていた。

緊張気味にMM社のビルの中にある会議室に呼ばれた翠を、玲子以下、デザイン部、宣伝部の女性社員たちが迎えてくれた。

社長の玲子自身が三十六歳ということもあり、他の社員たちも若い女性ばかりだった。

しかも玲子も含めて、みんな美女ばかりで翠は見とれてしまったのだが、言葉を失ったのはそれが理由ではない。

「あっ、あのこの下着は間違いなんじゃ……」

玲子からこんどの新企画の試作品だと紹介された、会議室のテーブルにいくつも並べられた下着は、レースやフリルがあしらわれたブラジャーやパンティだった。

自分がふだん身に着けているものとはあまりにかけ離れた下着を見て、翠はただ呆然となるばかりだった。

「えっ、聞いてなかったのかしら？　あなたは男の娘用の下着のモデルとして採用されたのよ」

狼狽える翠にそう答えたのは、宣伝部で広報もしているという、田中美智だった。

長身でどこか鋭さを感じさせる玲子に対し、こちらは小柄で切れ長の瞳をした柔らかい印象の人だが、バリバリ働いている女性だけあってハキハキとした話し方だ。

「僕に女装をしろということですか？」

美智の言葉に翠は激しく戸惑っていた。中学や高校のときに学園祭などで女装してくれと言われたことがあるが、すべて拒否してきた。

小さな頃から毎日のように女の子に間違われてきたから、たとえ冗談でもやりたくなかった。

「えー、いまさら聞いてないとか言われても。せっかく翠くんのサイズに合わせて作ったのにー」

真剣そのものの空気の中でやけに軽い感じで発言したのは、試作品を担当しているという長田萌(おさだもえ)だ。

彼女はルックスも可愛らしい感じだが、服装もフリルが多めでやけに少女っぽさを醸(かも)し出していた。

「あら、私ちゃんと話したと思うんだけど」

困ったふうに社長の玲子が言っている。ただ、女装のモデルになることなど、翠は聞いた覚えがなかった。

「どちらにしても契約した以上はやってもらわないと。違約金を払って辞めてもらうしかないわね」

会議室には翠の他に四人の女性がいるのだが、最後の一人、高山樹里(たかやまじゅり)という営業担当の社員が、きつめの口調で翠に言った。

眼鏡をかけた彼女は外周りを担当しているといい、鋭く気の強さを感じさせた。

「そ、そんな……」

いくら聞いていないと言っても、契約書にサインをしてしまったのは事実だ。

契約についての法律には詳しくはないが、辞めるということは高額の違約金を払わなければならないのだろう。

三千万にもなる額は、母に泣きついても払えるはずがなかった。

「やるのなら、早く脱いで着替えなさい」

樹里はさらに厳しい口調で翠を追い込んできた。

「あまり深く考えないでさ、やってみようよ。翠ちゃん可愛いしきっと似合うよ」

きつめの樹里に対し萌はニコニコと微笑みながら、翠の肩を叩いてくる。

そしていきなり翠の前に立って、シャツのボタンを外しはじめた。

「そんな可愛いだなんて、あっ、なにを？」

萌は人を着替えさせるのになれているのか、あっという間に翠のシャツの前を全開にすると、ベルトにまで手をかけてきた。

「ま、まさかここで着替えろというのですか？」

いきなり服を脱がそうとしてきた萌に、翠は大きく腰をよじらせる。

目の前のデスクにはパンティもある。もしそれを穿くとしたら翠はパンツまで脱がなくてはならないのだ。

「モデルになったら大慌てで着替えなくちゃならないときもあるから、そんなのいちいち気にしていられないわよ」

「そうそう、別に私たちもバージンってわけじゃないし、おチ×チンくらい平気よ」

さらに美智と玲子が男性器の言葉まで口にしながら、翠の身体を押さえつけてきた。

「ちょっと、待ってください、あっ、だめっ！」

小柄で華奢とはいえ翠もいちおうは男なのだから、全力で暴れたら逃げられたかもしれない。

ただ、生来の気が弱い性格のせいで、ちょっとしたパニック状態に陥っている翠は、手脚に力が入らずにどんどん服を脱がされてしまう。

「さあ、最後の一枚よ」

やけにニヤニヤとした顔の萌が、翠のボクサーパンツに手をかけて一気に引き下ろしてきた。

「あっ、いやっ！」

か細い悲鳴をあげた翠は慌てて両手で股間を覆って、前屈みになった。

「あら、すごく綺麗な肌……羨ましいわ」

腰を曲げる翠の後ろから、玲子がさっとお尻を撫でてきた。

「ひあっ！」

張りの強い、男にしてはかなり丸みのある白尻に玲子の手の感触を感じ、翠は背中を大きく伸ばして引き攣らせる。

その触り方がなんともいやらしいというか、翠は出したことがないような甲高い声をあげてしまった。

「あら、可愛い声ね。もう女の子の気持ちになっているのかしら？　助かるわ」

翠の強い反応に驚いた感じで手を離した玲子だが、すぐに笑ってそんなことを口にした。

「女の子の気持ちになんて……なるわけありません」

自分はれっきとした男だと言い返そうとして振り返った翠だったが、すぐに顔を下に背けた。

後ろにいる麗子と樹里。二人の気が強そうな女性が笑顔になっていて、その顔がなんとも淫靡に歪んでいたのだ。

（怖い……）

翠が中学生のときに私服で歩いていたとき、女の子と勘違いした不良っぽい男たちにつきまとわれたことがある。

そのときの彼らの笑顔と共通した雰囲気があり、思い出した瞬間に身体がすくんだ。

「見られるのが恥ずかしいのなら、これを穿いちゃおうよ」

こんどは前にいる美智が、並べられた下着の中からパンティを一枚手に取った。

「穿いたらおチ×チンの膨らみが目立たなくなる、自信のある試作品なんだよ」

萌が淫語を口にしながら翠の足元にしゃがみ、足首のところにある男物のパンツを引っ張って脱がそうとしてきた。

「あっ、そんなの……あっ」

大人の女たちに囲まれて迫られるという初めての経験に、気が弱い翠はすっかり怯(ひる)みきっていた。

足先からパンツが抜かれ、代わりに白のレースがあしらわれたパンティを通されてしまった。

「やっぱりよく似合うわ。理想の男の娘ね！」

細身の身体に、見た目からは男性向けとは思えない可愛らしいパンティを穿いた美少年を見つめて、玲子がまた淫靡な笑みを浮かべた。

「子供のほうの子じゃなくて、娘と書いて『おとこのこ』って読むんだよ。翠くんにはぴったりかもね」

足元にいる萌が、すっかり膨らみが目立たなくなっている翠の股間を見あげて言った。

「お、男の娘?」

まったく聞いたことがない言葉に翠は戸惑うばかりだ。

「まあ平たく言えば、女の子の服を着てお化粧をした可愛い男の子ってこと。そのための下着を新たに発売するからモデルを探してたのよね」

男の娘と呼ばれる子の中には、言われなければ誰でも女性だと信じてしまうくらいに綺麗な子もいると付け加えて、玲子は翠の肩を後ろから握ってきた。

「さあ、次はブラジャーね。パッドも入ってるから、ほんとうにおっぱいができたみたいに見えるわよ」

社長の玲子によって肩を固定された翠の前に、美智がパンティと同じ色の白のブラジャーを持ってきた。

驚きと恐怖で翠の抵抗がほとんどないのをいいことに、女たちは腕に肩紐を通してホックをとめた。

「わあ、可愛い！　本物の下着モデルと変わらないわね」

「鏡で見てみなよ。ほんとに違和感がないわ」

ブラジャーとパンティを身に着けた美少年を萌が囃したてる中、美智が会議室の隅に置かれていた大きな姿見の鏡を持ってきた。

床に直接置くための脚がついた、一メートルほどの鏡が翠に向けられた。

「ああ……いやっ」

見たくはないと思いながらも、つい目をやってしまった翠は、小さな声をあげて顔を横に背けた。

鏡の中にはブラジャーとパンティを身に着けた自分が映し出され、うまく作られているのか、ブラのカップが膨らんでいて乳房があるように見えた。

「メイクしなくても充分なくらいね。羨ましいわ」

樹里が翠の肩越しに覗き込んで笑う。確かにすらりとした長い脚、細く引き締まったお腹周り。さらには髪の毛も、前の会社が倒産したせいで散髪に行く余裕もなかったので耳が隠れている。

高校生くらいのショートカットの美少女が、鏡の中にいる感じだ。

「い、言わないでください。女の子って言われるのは辛いんです……」

ついに翠は涙ぐんでしまう。子供の頃、女だと同級生たちに馬鹿にされた嫌な記憶が蘇ってきたのだ。

「男の子なのに女みたいだって言われるのがいやだったのね、わかるわ。でもね、翠くん。それもあなたの才能のひとつなのよ」

「さ、才能？」

後ろから翠の腰に手を回して抱き寄せながら玲子が囁いてきた。彼女はかなり胸が大きく、背中に柔肉の感触があってドキリとしてしまった。

「そうよ。あなたは男でも女でもない、もっと美しい存在になれるかもしれないのよ」

艶めかしい身体を下着姿の翠に密着させたまま、玲子は耳元で囁き、その手を下に伸ばしてきた。

「い、意味がわかりません。あっ、社長さんなにを……」

玲子の手が翠の女装用のパンティに侵入してきた。

「玲子でいいのよ。女の子に見られたくないのはわかるけど、まだ若いのにひとつの考えに固執するのはよくないわ。たとえば、男の快感といえばここだけど……」

玲子はパンティの中に入れた手を動かし、恐怖に縮こまっている肉棒を揉んできた。

「れ、玲子さん。くうう、だめです……」

突然、肉棒を責められて翠はわけがわからず腰を引きながら訴える。

ただ、玲子の力加減があまりに巧みで、こもった声が小さな唇の間から漏れてしまう。

「モデルとして写真を撮るには、ちょっと身体が硬くなっている気がしてね。リラックスさせてあげる」

反応して少し硬化しはじめた翠の肉棒に指を絡みつけるようにしながら、玲子はゆっくりと上下にしごきだした。

艶やかな肌の彼女の手のひらが、なんとも微妙な強さで亀頭部を包み込んでいた。

「あっ、はうっ、やめて……くう、ください。ああっ！」

突然、肉棒に責めを受けて戸惑うばかりの翠は、細身の腰を懸命にくねらせる。

だが玲子は巧みに腕を動かして、あっという間に勃起していく肉竿を強く擦りだす。

「あっ、はうっ……こんなの、くうう、だめです。ああ、ああっ！」

もう下半身全体にまで快感が広がり、翠は自分でも信じられないくらいの情けない声を、無機質な会議室に響かせるばかりだ。

「すごく敏感なのね。彼女とエッチしてるときは何分くらい保つの？」

されるがままに喘ぐ翠を正面から見つめる美智が、妖しげな目つきで言った。

彼女もまた、悶える美少年になにかを昂らせている感じだ。

「あっ、だめ、あっ、くうううう……そんなのしてないから、うううっ！」

いきなり女性に襲われている状況の中、完全にパニック状態の翠は、取り繕うこともできずに答えてしまう。

女の子と間違われるくらいの美少年であるのだから、告白を受けることも多かったが、恋人同士にまで発展した経験はなかった。

高校時代などは、男の友人たちと遊んでいるほうが楽しいと思っていたからだ。

「あら、まだまさか童貞なの？　このおチ×チン」

翠の後ろから、玲子の艶っぽい声が聞こえてきた。

「はうっ、そ、そうです、くうう……」

恋人がいたことがない翠は、もちろん未経験だ。友人たちの中には、とにかく童貞を早く捨てたいと焦っている者もいたが、翠はそんな考えをもったことはなかった。

「わあ！　童貞なのね、これは楽しみ」

翠の足元でしゃがんでいる萌が、満面の笑みを見せる。童貞であることがなぜ楽しみなのか、もう考えたくもない。

いまここにいる四人全員が、翠の肉棒をしごく女社長を止めようとはしないし、驚いている様子もない。

(いきなりこんな、いやらしいことをしてるのに。なんで……)

彼女たちの異常さに、翠はさらに恐怖を募らせる。男を四人で囲んでいたぶるのが楽しいというのか。

(どうにかして逃げないと……)

気が弱いなりにも、このままではだめだと翠は考えていた。

「うふふ、さっきのお話の続き。普通、男の人が気持ちよくなるのはここだけだけど、他にもあるって知ってる?」

自分を取り戻そうとする翠の心を見透かしたようなタイミングで、玲子は完全に勃起している肉棒を強く握ってきた。

「くっ、くううう、知りません。くうう、やめて!」

痛みと快感の中間にあるような感覚に、翠はまた背中を引き攣らせて喘いでしまう。自分一人のオナニーではけっして味わうことのない、不思議な甘さに腰が震えていた。

「まあ、そうでしょうね。でも男の人も、もっといろいろな快感があるの。それを翠くんにも知ってほしいな……」

　肉棒をしごきつづける玲子が目配せをすると、美智と萌が前に立って、翠の胸にある男の娘用のブラシャーの中に手を入れてきた。

「あっ、そこは……はうっ、なにを、あああ」

　萌と美智は翠の左右の乳首をひとつずつ担当し、指先でコリコリと引っ掻いてきた。爪を立てる感じではなく、指で軽く弾くように責めてきた。

「あっ、くううう、はああん！　こんなの、あうう……」

　乳首から明らかに痛みとは違う痺れが突き抜けていく。もちろん翠は、他人に乳首を弄ばれることなど初めてだが、身体は強く反応し、変に甲高い声が出てしまっていた。

「男でも乳首で感じることはできるよ。それに翠くんってすごく敏感」

　萌が楽しそうに笑いながら乳首を軽く捻ってきた。

「そんな、乳首でなんか……はっ、はあああん！」

　未経験とはいえ、翠も女性が乳首への愛撫で感じるのは知っている。だが男が乳首でなどと言おうとした瞬間に乳頭を捻られ、ほんとうに女性のような声を出した。

　とくに翠はもともと声が高めなので、艶のある声が会議室にこだました。

「いい声ね、ほら乳首がもうコリコリ。素質充分だわ」

反対側のブラジャーのカップの中に入っている美智の指も、激しく先端をこね回す。

「あああっ、素質なんか……あああっ、はあああん！」

乳首で感じられる素質という意味だろうか、そんなものは欲しくないとばかりに、ブラジャーとパンティの身体をくねらせながら翠は訴える。

（そんなの、ほんとうに女の子じゃないか……）

玲子が口にした男の娘というのが、男と女の中間的な存在だというニュアンスに翠は受け取っている。

もちろん自分は、そんな人間になるつもりはなかった。

「ほら、見なさい、翠ちゃん。鏡の中の自分を」

四人の中で一番きつめな印象を受ける樹里が、翠の顎を持って大きな姿見のほうを向かせた。

「あっ、いっ、いやっ」

光沢（こうたく）がある鏡に映る自分に翠は目を見開くのと同時に、顔を横に伏（ふ）せた。

少し伸びた黒髪が汗に濡れる額に貼りつき、二重の大きな瞳は妖しげな光りをたたえて潤（うる）んでいる。

鎖骨がくっきりと浮かんだ華奢な身体は白い肌をピンクに染め、細身の腰が悩ましげにずっとくねっていた。

(ビデオの中の女の人……)

翠だって男だから、アダルトビデオぐらいは見たことがある。

その中で身体を責められて喘ぐ女性と、白の下着の自分はまったく同じだと感じて見つづけることができなかったのだ。

「うふふ、どちらかといえば女の子よりかしら。翠ちゃんは」

女たちは翠の呼び方を、ちゃんづけに変えてきている。玲子はさらに怒張を強くしごき、萌と美智は乳首を引っ張る動きまで加えてきた。

「ああっ、はうっ、もういやです。くうう、帰らせてください、あうう……」

全身を駆け巡る快感に耐えかねたように翠は泣き声をあげた。

このままでは、自分はほんとうにおかしくなってしまう。そんな気がした。

「あら、じゃあ、違約金をもらうわよ。こっちの損害はかなりになるんだから」

肉棒を握る手にさらに力を込めて玲子が言った。もうすでに契約書にはサインをしているので、会社を辞めるということは高額の違約金を支払わなくてはならない。

「ああっ、そんな、あっ、あああ、はあああん!」

こんな目にあわされるとまでは聞いていないし契約書にも書いていないので、辞めるのは可能なのかもしれない。

ただ、法律の知識などなく、おまけに気も弱い翠は違約金を払うしか逃げる方法はないと思い込んでいた。

「あああっ、あああっ、いや、あああ！」

逃げられない。そんな恐怖の中で快感はどんどん強くなっていく。

もう肉棒の根元は常に脈打ち、先端からはカウパー液が溢れ出ている。乳首もジーンと痺れきっていて背中まで震えていた。

「一度、イカせてあげたらどうですか？　すっきりしたら、緊張も解けて気持ちも変わるかもしれないし」

翠の身体には触れていない樹里が不気味な笑みを浮かべて言う。

「そうね……もうおチ×チン、破裂寸前って感じだしね」

玲子も楽しげにそう言うと、さらに高速で後ろから握っている翠の肉棒を擦ってきた。

「いっ、いや、やめて！　あああっ、くうう」

もう限界などとうに超えている肉棒をさらに強く責められ、翠は一気に頂点に向かっていく。

樹里に髪の毛を摑まれて鏡を向かされ、いたぶられる下着姿の少女のような自分を見つめていた。

「ああぁっ、もう、だめっ！　はうっ、くうううう」

強烈な快感が昂りきった逸物の根元を締めつけ、亀頭が爆発するような感覚に腰が震えた。

同時に白い下着の中に熱い精液が迸った。

「ああっ！　はうっ、いやっ、あああぁ……」

射精が始まっても玲子の手は止まらず、翠は大きく腰を震わせながらよがり泣く。

白い下着に精子の染みが広がり、女性用の下着を汚しながら射精しているという背徳感にも翠は心を締めつけられていた。

（いやだ……いつもよりも……）

年上の女性四人に取り囲まれる中で、強制的に射精させられるという異常な状況なのに、自分でオナニーをするときよりも快感が強いように思う。

そんな自分が信じられず、翠は悲しみに涙するが身体はさらに熱く痺れるのだ。

「あ……くう……あふ……」

射精は永遠に続くわけではなく、激しかった腰の震えも収まっていった。

ただ、布が少なめの女性用パンティの横から精液が溢れ出し、太腿をつたい落ちているのが辛い。

「うふふ、すごくたくさん出したわね。いつもこんなに出るの？」

射精を終えて、だらりとしている肉棒からようやく手を離してくれた玲子が、真っ赤に染まっている翠の耳元で囁いてきた。

「そんな……僕は……」

自分の肉体の暴走に戸惑い悲しむ心を、玲子の言葉がさらに抉(えぐ)ってきた。

翠はなよなよと首を横に振り、消え入りそうな声をあげるばかりだった。

「すごくエッチだわ、翠ちゃん。はい、記念写真！」

「えっ？　いやっ」

いっそ死んでしまいたいと呆然としていた翠だったが、写真という言葉に反応して顔をあげる。

正面から美智が一眼タイプのカメラを構えていた。

「もう君はモデルなんだから、撮られるのを楽しまなくっちゃ」

反射的に顔を背けた翠の頬を持って前を向かせ、玲子は笑った。

「こんな格好、ああ……もう許してください」

大きな瞳からハラハラと涙を流すが、美智は何度もフラッシュを焚いてブラジャーとパンティだけの美少年を撮影していく。

「うふふ、翠ちゃんが協力してくれないと、ネットにばらまいちゃうかも」

嬉々とした表情で恐ろしい言葉を吐く美智に、翠は背筋が震えた。

「こら、それは脅迫よ。犯罪だわ」

「ごめんなさーい。いまの取り消しね、翠ちゃん」

たしなめるように玲子が言うと、美智がすぐに謝った。ただ、二人とも声のトーンが軽めで本気のやりとりには思えなかった。

(こんなの……ばらまかれたりしたら……)

女物の下着を身に着けて、射精後の精液まで滴らせた写真を世間に公開されたりしたら、もう自分は生きていけない。

違約金に加えてさらなる弱みを握られ、翠は彼女たちから逃れることは叶わない。そんなふうに思うのだ。

「ここも綺麗にしなきゃね。萌に任せて」

萌は精液に濡れている女装用のパンティを引き下ろした。

「あっ、自分でできますから……」

「遠慮しなくていいよ」

パンティを脱がされて剝き出しになった翠の下半身を、萌がウエットティッシュを取り出して清めていく。

太腿にまとわりついた精液を拭いとられ、子供が母親に後始末をしてもらっているような状況に、翠は激しい羞恥に襲われた。

「じゃあ、ここは特別サービスね」

脚や薄い陰毛の周りを丁寧に拭いた萌は、最後に残った肉棒をなんと唇で包み込んできた。

「あっ！　なにを、はうっ、くううう……」

翠と同じ可愛らしい顔立ちの萌が大胆に唇を開いて、精液に濡れる亀頭をしゃぶりはじめた。

ぬめった舌や口腔の粘膜の温かさに、翠は驚きながらも腰を震わせてしまう。

「んん……んんん……んく」

精液を丁寧に舌で舐めとったあと、萌は頰をすぼめて大きく頭を動かしはじめた。

「あっ、あうっ、はああん！　くううう……」

ブラジャーだけとなった異様な姿の華奢な身体をよじらせて、翠はひたすらに喘いでいた。

イッたばかりの肉棒を責められるむず痒さ、初めての女性の口内の甘い感触。それらが混じりあう中で、翠は完全に混乱していた。

「んん……ぷは……あらら、復活してきたわよ」

一度肉棒を吐き出した萌が目を丸くして、翠を見あげてきた。

十九歳の肉体は心とは裏腹に反応していて、射精したことを忘れたかのようにそそり立っていた。

「うふふ、もう一度出そうか、翠ちゃん」

ブラジャーだけの翠の両腕を背中側に捻りあげて手首を押さえ、玲子が言った。

同時に萌が再び肉棒をしゃぶり、こんどは樹里がブラの中に手を入れて乳首を責めてきた。

「あっ、いやっ、はうっ……ああっ、あああ」

甘く蕩けるような女性の口の中。そして、こね回される乳首からの痺れるような快感。

後ろ手にされた身体を何度も引き攣らせながら、翠は瞳を泳がせてよがり泣く。

そしてその様子を、美智がまたしっかりと一眼レフのカメラで撮影してた。

（ああ……僕、なんて顔を……）

もう抵抗する気力もなくなった翠の視界に、姿見に映った自分の姿が見える。

女物の下着を着けた上半身を朱に染め、肩を震わせながら大きな瞳を濡らす。

（ただの変態……）

唇も半開きのままで、その様子は童貞の翠の目から見ても、悦楽に溺れる淫乱女のようだ。

それを男である自分が晒しているという思いが、屈辱感を加速させる。

「あっ、あああああっ、だめっ！　また、ああっ、ああ……」

肉棒と乳首の快感に指の先まで痺れきる。そして心はこんなに辛いのに、熱く燃えさかっていくのだ。

（もうなにも考えられない……）

完全に悩乱している翠は身も心も蕩けるような感覚の中で、華奢な身体を蛇のようにくねらせるのだ。

「ああっ、もうだめ！　出ちゃいます……」

最後の力を振り絞って翠は叫んだ。このままでは、萌の口の中で射精してしまうという思いからだ。

「んん、んんんん……んく……んんんん」

ただ、萌はそれを聞いても攻撃の手を緩めない。翠の足元に膝をつき、身体全体を使って口腔の粘膜を怒張に擦りつけてきた。

「はうう、だめっ……ああ、イッ、イク、はう！」

性的な経験がほとんどない翠が、こんな快感に耐えられるはずもなく、短い叫び声をあげて怒張を脈打たせた。

下半身がブルブルと痙攣し、精液が勢いよく萌の口の中に放たれた。

「あふ、んんんん……」

口内に流れ出していく粘り気が強い精液に萌は怯む様子もなく、喉をならして飲み込んでいく。

愛らしい顔立ちの彼女のそんな姿はあまりにギャップが激しく、翠は呆然と見つめながら何度も射精するのだった。

「んんん……ぷは……すごいわ、二度目でもこんなに濃いんだ。女の子みたいなのに、牡の能力は強いのね」

ようやく射精が収まると、萌はにっこりと笑って肉棒を吐き出した。そんな彼女の唇の横を一筋の精液が流れ落ちていった。

「いい感じに力が抜けてきたわね。着替えてから撮影を始めるわ。わかった?」

まさに精も根も尽き果てた状態でがっくりとうなだれる翠に、玲子が後ろから少々きつめな口調で命令してきた。

「はい……」

もう逆らう気力などあるはずもなく、翠は力なく頷(うなず)くだけだった。

「これが僕……」

心が萎(な)えて人形のようにされるがままになった翠に、玲子たちは四人がかりでメイクを施(ほどこ)し髪を整えた。

そこからさらに、メイドの衣装を持ってきて着替えさせられた。

「そうよ、うふふ。思っていた以上に可愛いわよ、翠ちゃん」

あくまで女の子として翠を扱いながら、玲子は姿見を持ってきて、女装した姿を見せつけてくる。

黒のミニスカートメイド服に、白の前掛け型のエプロン。さらには太腿の真ん中あたりまでの、白いストッキングを穿かされた自分が鏡の中にいた。

「いつもの会議室が華やいで見えるわ」

カメラを構えた美智が、そんなことを言いながらシャッターを押しつづける。

フラッシュが浴びせられるたびに、スカートの裾から露出している、ストッキングで覆われていない太腿の上部分が蒼白く光っていた。

（こんなことするの、絶対にいやだったのに……）

学園祭などで女装しろと言われたときに、最後は泣いて拒否したこともあった。

そのくらい翠は自分が女だと見られることに抵抗があったのだが、いざこうして化粧までされ女装をさせられると、不思議な気持ちになった。

鏡の中にいる自分が、別の人間であるような感覚に陥るのだ。

（だめだ……僕は、男なんだから……）

ただ、いけないという気持ちが消えているわけではないので、翠は懸命に自分は無理やりにさせられているのだと言い聞かせる。

一方で、頭の中がジーンと痺れていて、気力がどんどん萎えていくのだ。

「さあ、最後はスカートをまくっているところを撮って終わりにしようか？」

美智がそう言うと、メイド服の翠を両側から挟み込むようにして萌と樹里が立ち、スカートの裾を持ちあげてきた。

「ああ、いやっ、やっ」

スカートがあがっていき股間が晒される。下着を着けることなく、萎えたままの肉棒が姿を見せた。

「これで最後だから、じっとしなさい」

むずがる翠に、横から樹里が言った。

「ああ……これで終わり……」

恥ずかしいとか情けないという思いよりも、この状況から早く解放されたいという気持ちが上回る。

抵抗をやめた翠は、スカートを大きくまくりあげられたままシャッター音を聞く。

（なんて……みじめな……）

固く閉じていた目を開くと、鏡の中の自分が見える。

メイド服のスカートを持ちあげられ、太腿の半ばまでの白ストッキングのみの下半身を晒し、濡れた陰毛やだらりとした男のモノに白い閃光を浴びている。

そんな自分を見つめながら、翠は肉棒への刺激とは違う、身体の奥が熱く痺れていくような昂りを自覚するのだった。

第二章　初めての潮吹き絶頂

人前での射精、さらにはメイド服を着せられての股間の写真まで撮られた翠は、屈辱にまみれながら一日目の勤務を終えた。

（僕は、どうしたら……）

駅から寮として用意されたマンションにふらつく足取りで歩きながら、翠は大きな瞳に涙を浮かべていた。

女装して肉棒を晒した写真をネットに流されたりしたら。そしてそれが親や地元の友人たちの目に触れることがあったなら。恥ずかしくて生きていけないと思うのだ。

「それに、三千万ものお金なんて払えるわけない……」

十九歳の翠には、とうてい用意できない高額の違約金もある。彼女たちから逃げることなどできない。翠は絶望にくれていた。

「彼女、暇なら呑みに行かない？」

駅から寮まで商店街を抜けなければならない。そこを歩いていると突然、若い男が翠の前に立ちはだかった。

「あ、あの、僕、男なので……」

気落ちしていてあまり出ない声を振り絞るように翠は、進路を塞いで立つ茶髪の軽そうな男に答えた。

女の子に間違われてナンパされるのはいつものことだが、今日は昼間の件があったので泣きたいくらいに辛かった。

「なんだ、男かよ。それならなんで化粧なんかしてんだよ、変態か？」

普通よりは高めとはいっても翠の声で男だとわかったのか、茶髪男は舌打ちをして吐き捨て、どこかにいってしまった。

そういえば服は着替えたが、メイクはそのままだ。唇にはピンクのルージュが塗られて輝いている。

「ああ……変態なんて」

男の言葉がやけに胸に刺さり、翠はマスカラでまつげを持ちあげられた大きな瞳から涙を流すのだった。

「えっ、故障？」

マンションを一棟まるごと借りあげているという寮に帰宅すると、各部屋の玄関の扉に貼り紙がしてあった。

そこには給湯システムが故障しているので、全員が交代で最上階にある社長の玲子の自宅に行って入浴するようにと書かれてあった。

「そんな……」

寮の部屋は普通の１ＬＤＫで、お風呂も備え付けてあり、昨日はそこに入った。

玲子の部屋に行って入るということは、再度彼女の顔を見なくてはならないということだ。

翠は一人部屋で、悲しむ時間さえ奪われたような気がした。

「ああ……時間まで」

無視して風呂に入らないとか、銭湯を探すという考えが頭をよぎるが、貼り紙には各自の入浴時間の割り振りもしてあった。

もし行かなかったら、明日またなにか言われそうだ。

「辛い……」

何重もの淫靡な罠に身体を絡め取られているような思いで、翠はやけに重たく感じる自室のドアを開いた。

「あ……こんばんは」

玲子の部屋はマンションの最上階のフロアすべてを使用していて、エレベーターを降りてすぐ前に彼女の家のドアがある。

刑場にでも行くような気持ちで下を向いたままエレベーターを降りると、すらりとした白い脚が視界に入った。

慌てて顔をあげると一人の女性が立っていて、翠は慌てて頭を下げた。

「こんばんは、あなたが新入社員の加藤くんね。宣伝部の美倉悠です」

Tシャツにショートパンツ姿の悠は二十代後半といった感じだろうか、色白で切れ長の瞳が優しげな美人だ。

彼女は前の時間の入浴だったのだろう、長い黒髪からシャンプーの香りがしている。

「あ、加藤翠です。よろしくお願いします」

今日一日、ずっと翠ちゃんと呼ばれてきた翠は、名字にくんを付て呼んでくれたことが嬉しかった。

「こちらこそ、よろしく。社長の家のお風呂は、とっても広いからくつろいでね」

悠は翠の事情などしらないのだろう、ニコニコと微笑みながら交代にエレベーターの中に入っていく。

「は、はい……ありがとうございます」

癒し系の笑顔を見せる彼女に心配をかけたくなくて、翠は精一杯の笑顔で見送った。

「うふふ、翠ちゃん、いらっしゃい。あなたが最後よ」

悠の笑顔に心が少し救われた思いの翠だったが、すぐにまた地獄に堕とされたような気持ちになった。

ドアのところまで出てきて迎えてくれた玲子は、黒のブラジャーにパンティだけという姿だった。

「あ、あの玲子さん……そんな格好で……」

淫靡な笑みを浮かべる女社長を直視できずに、翠は玄関先で顔を横に伏せた。

昼間、自分の肉棒を巧みにしごきあげた、彼女の指の感触が蘇ってくるのだ。

「私もいっしょに入ろうと思って。ほら、お風呂はこっちよ」

翠の表情から辛いことはわかっているだろうに、玲子はあえて無視するかのように明るい口調で言って翠の手を引っ張っていく。

「あ、お風呂は一人で……」

勢いよく手を引かれ、翠は履いていたサンダルを脱ぎ捨てながら廊下にあげられた。

あまり強く逆らわないのは、もう気力がわかなかったからだ。

「せっかくひとつ屋根の下に住んでるんだから、家族も同然でしょ。ほら、脱いで」

空いたままになっていたドアの中に引き入れられると、そこは洗面と脱衣スペースになっていた。

ふらつく足取りでいる翠のTシャツに手をかけて、玲子は強引に脱がせていく。

「あっ、あの一人で脱げますから」

勢いのいい玲子に気圧(けお)されているうちに、翠は上半身裸にされた。

裸になることを拒絶するのではなく、一人で脱ぐと言ってしまっている自分がいやになった。

「うふふ、じゃあ、脱ぎなさい」

そんな翠の思いに気がついているのかいないのか、玲子は不気味に笑って少し距離をとった。

そして黒のブラジャーのホックを外して、肩紐をずらした。

（ほんとうにいっしょにお風呂に入るんだ、女の人と……）

母親といっしょに入浴していたのも幼い頃までだ。目の前でこぼれ落ちた玲子の乳房は、かなりのボリュームがあり解放された反動で弾んでいる。

それを目の当たりにすると翠は一気に緊張して、膝が震えた。

「翠ちゃんは童貞だったね。うふふ、女の裸は初めてかな？　おっぱい触ってみる？」

黒パンティも大胆に脱いで、陰毛が生い茂る股間を晒した玲子は、自ら巨乳を手で持ちあげて笑った。

「い、いいです……」

初めての母親以外の全裸を見て、翠は胸が昂る。ただ、玲子のグラマラスな身体はやけに生々しく、恐怖のほうが強い。

妖しげな笑みを浮かべた美熟女から逃げるように、翠は露になった股間を手で隠しながら浴室に入った。

「あ、待ってよ、冷たいわね」

唇を尖らせる玲子を振り切るように浴室に入ると、そこは三人くらいは楽に入れそうな大きな浴槽に、これも大人が寝そべっても余裕があるような広い洗い場があった。

すでに溜められているお湯からの湯気に曇る豪華な感じの浴室に、翠は見とれてしまった。

「あっ、はうっ！　玲子さん、なにを……」

実家など比べものにもならない、高級感のある浴室に口をぽかんと開く翠の股間に、後ろから手が絡みついてきた。

「大事なモデルさんの身体を、綺麗にしてあげようと思って」

狼狽えた翠が激しく身体をよじらせるのにもかまわずに、玲子は後ろから回した両手で肉棒をしごきあげてきた。

背中に柔らかい乳房が押し当てられ、翠は激しく戸惑ってしまう。

「そこは関係ないです……あっ、だめっ、あああ」

彼女の手つきは、明らかに洗うような動きではない。ただ、拒絶しようとしても竿と玉袋を巧みに揉んできていて、翠は膝から力が抜けてしまうのだ。

「うふふ、ほんとうに敏感ね。翠ちゃんは、声も可愛いし」

甲高い声を漏らしてしまう翠に玲子は声を弾ませながら、肉棒を強くしごいてきた。

「あっ、いやっ……もうこういうのは、いやなんです」

亀頭を軽く絞るように揉む動きまで加えられ、翠はたまらなくなって玲子の腕を振り切り、浴室の壁際まで逃げ出した。

「翠ちゃん、あなたはなにもわかってないわね。私たちはあなたに意地悪をしたいわけじゃないのよ」

激しい抵抗を見せた翠に対し、玲子は表情が一変した。目つきが一気に冷たくなり、ひと睨みされただけで、背筋が寒くなるくらいに迫力があった。

「だっ、だってこんなの、モデルの仕事と関係ないじゃないですか……」

それでも翠は自分を奮い立たせて反論した。このままでは、玲子たちのオモチャにされてしまうと思ったからだ。

「関係ないことはないわ。こんどの下着のコンセプトは男の娘だもの。あなたにはモデルとして男でも女でもない、そんな存在になってもらいたいの。外見だけではなく内面もね」

艶めかしい巨乳と漆黒の陰毛を晒して、湯気の中で仁王立ちした玲子が言い放った。

「意味がわかりません。それも内面からなんて……」

昼間も何度かそのセリフを聞いたが、翠にはよく理解できていない。

ただ、男でありながら女の子のような翠に、女装をさせて宣伝に活用したいだけではないのか。内面からなにが変わるというのか。

顔は美少女のようでも、自分は身も心も普通の男なのだ。

「まあ、すぐにわかるわけじゃないけどね。今日のお昼間以上に、女の子みたいにアンアン喘がせることはできるかな」

白い背中を壁に密着させ、顔を引き攣らせている美少年に玲子は言い放ち、距離をつめて乳首を摘まんできた。

「ひあっ、僕はそんなふうにはなりません。今日のお昼はびっくりして、あうっ」

乳首を捻られた痛みにこもった声をあげながら、翠は懸命に反論した。

あんなに変な声がたくさん出てしまったのは、大人の女たちに囲まれて肉棒をしごかれるという異常な状況で、自分はおかしくなっていたのだ。

（いまは、乳首もすごく痛いし……）

昼間、ブラジャーの中に手を入れられて乳首を責められたときは、体験したことがないような快感に喘いでしまったが、いまは痛みしかなかった。

「わかったわ、翠ちゃん。あなたがそこまで言うのなら仕方がない。モデルの話はなしにして、違約金も払わなくていいわ」

「ほ、ほんとうですか？」

突然の玲子の提案に、翠は救われるような思いで顔をあげた。

こんな異常な状況から解放されたい。住む場所をなくしてしまうことになるかもしれないが、身体をオモチャにされるよりはましに思えた。

「ええ。ただし、いまから私に責められて、女の子みたいな声を出して感じるのを耐えられたらね」

切れ長の鋭い瞳を妖しげに輝かせ、鼻先がつくくらいにまで顔を近づけてきた玲子が、肉棒を握ってきた。

「うっ、そんな……」

昼間に二度も射精して、美しい女性の全裸を目の前にしても、だらりとなったままの肉竿が押しつぶされる痛みに、翠は顔を歪めた。

もうエッチなことを考えるのもしんどいくらいに、全身が疲れている気がする。

「大声を出して感じなかったら解放。でも、もしエッチな声を出して何度もイッたら、私たちのいうことに絶対に逆らわない。これでどうかしら？」

少し厚めの唇の端を持ちあげて、玲子は微笑みながら言う。よほど翠を感じさせることに自信があるのだろうか。

「ほ、ほんとうに約束してくれますか？」

いまはもう、肉棒に触れられても痛痒さを感じる。いわば、射精後の脱力状態だ。

自分でオナニーをするさいも一度の射精で満足してしまう翠は、二度も射精した同じ日に、自分が欲情するとは思えなかった。

さらに女の子のように喘ぐなど、どう考えてもありえず、いまだけ苦しいのを我慢すればいいと、玲子の提案を受け入れることにした。

「ええ、私は社長だもの。約束を守らなかったら信用を失うからね。ただ、あなたにも必ず守ってもらうわよ」

「は、はい。わかってます……」

女の子のように感じたらというと曖昧な気もするが、ようは玲子の思いどおりにならなければいいのだと、翠は心に言い聞かせた。

「じゃあ、契約成立ね。もし翠くんが約束を破ったら、今日の写真をばらまいちゃうから。うふふ」

笑顔で恐ろしいことを言った女社長は、向かい合う翠の肩を持って身体を反転させようとしてきた。

「ああ……玲子さんも、お願いします」

契約という言葉に、違約金のことが頭によぎる。翠は背筋を寒くしながらも、この状況から解放されるにはいまは身を任せるしかないのだと、彼女に背中を向けた。

壁に頬を密着させ、少し背中を反り返らせて立つ美少年の後ろで舌なめずりをした玲子は、手を肉棒に伸ばしてきた。

「うっ！」

さっきとは違い柔らかい触れ方で、指が絡みつくように竿から亀頭へとなぞっていく。

甘い快感が突き抜け声を漏らしそうになるが、なんとか堪えた。

「そうそう、頑張って我慢してね。私も、やりがいがなくなるし」

壁についた両手にギュッと力を込めて歯を食いしばる美少年に、玲子は嬉々とした様子でさらに手を動かしてきた。

「腰周りもすごく細身ね。素晴らしいわ」

細身の翠はウエストもかなり締まっていて、女性的なくびれがあるようにすら見え、それも女の子に間違われる要因のひとつだった。

玲子は右手を翠のヒップに添って股間に突っ込んで弄びながら、左手の指で横腹のあたりをなぞってきた。

「ひ、ひゃうっ！」

「いくわよ……」

湯気で温まった浴室の中にいるので、少し汗が浮かんでいる肌を柔らかい指で刺激され、翠はたまらずに甲高い声をあげてしまった。

「うふふ、なんだかエッチな声が出てるわよ、翠ちゃん」

感敏な反応を見せる美少年に女社長は楽しげに声を弾ませ、ウエストのあたりからくっきりと浮かんでいる、骨盤周りまでを優しくなぞりつづける。

「くっ、くすぐったいだけです。あっ、くう、こんなふうにされたら誰だって」

そう言い返した翠だったが、くすぐられたときの感覚とは若干違う、むず痒さを伴った痺れを自覚していた。

そして自分の身体は、明らかにそれに反応しているのだ。

「ふふ、心配しなくても、これくらいであなたが女の子みたいに感じたなんていうつもりないから安心しなさい。さあ、こんどはこっちよ」

ようやくウエストをなぞるのをやめてくれた玲子だったが、肉棒を掴む右手をさらに強く動かしてきた。

「うっ、激しい！　くうう、うううう」

玲子は握る手を高速で動かしはじめる。ただ、握る力が軽めなので、艶やかな肌が絶妙な感じで亀頭のエラや裏筋を擦るのだ。

「くう、ううっ……はうっ、ううう」

快感はかなり強く、声を堪えるのが精一杯だ。もちろんだが、逸物は硬く立ちあがり、浴室の天井を向いている。

(二回も出したのに……)

身体は疲労感が強く、帰り道に歩く脚も重たいくらいだったのに、股間のモノはそれを忘れたように立ちあがってしまう。

もう意志から離れてしまったかのような自身の肉体に、翠は激しく戸惑うのだ。

「うふう、ビクビクしてるわ」

強い反応を見せる翠に気をよくした玲子は、巨乳を密着させるように自身の身体を寄り添わせ、手の動きをさらに速くしてきた。

「あああっ、くうう、もういやっ！　あああっ、ううっ、出ちゃう……」

自分でも信じられない早さで翠は絶頂に向かってく。怒張が激しく脈打ち、細く白い脚が内股気味にくねった。

「いいわよ、このまま出しなさい！　翠ちゃんのイクところ見せて！」

息も絶えだえに喘ぐ美少年にさらに興奮した表情を浮かべながら、玲子は軽く握っていた手にギュッと力を込めた。

「はうっ、玲子さん……それだめ、あっ、イク！」

壁に上半身を押しつけた翠は、限界を叫んで頭を落とす。そんな美少年に豊満な乳房を押しつけながら、玲子は亀頭を強く擦ってきた。

「くうう、出る！　はうっ、くうう」

膝が折れそうなくらいにガクガクと震え、翠は今日三度目の精液を発射する。

亀頭が大きく膨張し、勢いよく白い粘液が迸った。

「ううっ、あああっ！　うううううう」

とても三回目とは思えないくらいの濃さと量の精液が、宙（ちゅう）を舞って浴室の壁にぶつかって滴り落ちる。

それが何度も繰り返されて、ねっとりと白い糸を引いた。

「ああ……はあああ……」

がっくりと頭を落とした翠は、ようやく息を吐いた。身体全体がジーンと痺れているような感じで、なんとか立っているような状態だ。

（でも、声だけは……）

玲子が出した条件である、女の子みたいに喘ぐというのだけは耐えきった気がする。

「まだまだこれからよ、翠ちゃん」

翠をどうしても女にしたい玲子は、攻撃の手を緩めない。まさに精根尽き果てた感じの美少年の腰を強く引き寄せた。

「ああっ、もう無理です。死んじゃいます」

腰を九十度に曲げ、立ちバックの体勢をとらされた翠は、なよなよと首を振った。射精のあと肉棒は一瞬で萎(しぼ)み、睾丸には軽い痛みさえある。これ以上しごかれても、苦痛だけがあるように思うのだ。

「うふふ、ここからよ。ここから、本物の快感が始まるの……」

恐ろしい言葉を口にした玲子は、翠の突き出されたヒップの前に跪(ひざまず)き、指にボディソープを塗り付けた。

ここからという言葉が恐ろしくて、翠は震えあがる。すでに限界を越えている身体に、なにをしようというのか。

「そのままじっとして、力を抜いてね」

だらりと垂れたそこに責めを加えられると、翠は彼女の言葉に逆らうように身がまえる。

玲子の指は肉棒でも玉袋でもなく、その上にある小さなすぼまりに触れてきた。

「ひあっ！　そこは、くうう……なにを。玲子さん、だめです、あっ！」

排泄をするための器官であるアナル。そこを玲子は責めようとしていた。

ボディソープでぬめった彼女の人差し指が、閉じている括約筋をこじ開けようとしていた。

「ああっ、いやっ！　ひあっ、あああぁ」

アナルを強烈な異物感が襲い、翠は声をうわずらせて髪を振り乱す。

人体の急所のひとつでもある肛門に指を入れられると、膝から力が抜けてしまって抵抗などできない。

「ああっ、お願いです。あっ、いやっ！」

翠は力のない声をあげて、丸いヒップをくねらせるばかりだ。

「うふふ、ここを刺激されることで、男の人でも女の気持ちがわかるのよ」

汚辱感にほとんど泣き叫んでいる状態の翠だが、玲子はそれほど強引に指を押し込んでいるわけではない。

ボディソープのぬめりを利用し、指全体をドリルのように回転させて、じっくりと侵入させてくる。

やけに手慣れた感じでアヌスを開かせる美熟女は、おののく美少年にそう言った。

「お、女の子？」

混乱している翠の頭に、その言葉だけがやけに響く。きっと玲子たちは、自分を女性のようにしようとしているのだ。

このアナル責めが、それに繋(つな)がるというのか。

「女って膣という穴で感じるでしょ。男もお尻の穴で快感を得ることで、その感じ方が理解できるのよ。身体でも心でも」

少し緩みはじめた翠の肛肉の奥に、玲子は指を一気に押し込む。

「そもそも、女でも男でもお尻の穴や直腸って、気持ちのいい場所なのよ」

さらに付け加えた玲子は、翠の腸の中で指を少し曲げ、軽く押してきた。

「ひっ、ひあっ、な、なに？　ああっ、玲子さん、ああぁ」

その瞬間、肉棒の裏側あたりに電流のようなものが駆け抜け、翠は立ちバックの身体をのけぞらせて喘いだ。

「うふふ、ここね。翠ちゃんの前立腺」

翠の強い反応に玲子はほくそ笑み、そこばかりを指で繰り返し押して刺激してきた。

「はっ、はう！　あああっ、やめて、あああ」

玲子は指の腹で腸壁をなぞるように押してくる。ただ、彼女の目的は直腸ではなく、その壁の向こうにあるなにかだ。

それを前立腺というのか。翠はどこかで聞いたことがあるというくらいの認識だ。

「あくっ！　あああっ、だめっ、あああ」

肉棒とは異質の快感がそこから湧きあがり、膝がガクガクと震えて唇を閉じることもできない。

一気に呼吸も激しくなり、声を抑えることもできなかった。

「お尻の穴で感じると、女の子みたいな気分にならない？」

こんどは腕ごと大きく前後に動かして、玲子はピストンを始めた。

「そんなの、ああ、ないです……あああっ、もう動かさないで、はうっ！」

腰を曲げて浴室の壁に手をつき白い身体をのけぞらせて、翠は快感に震えていた。

感じているのは前立腺と呼ばれる部分だけではない、アナルのほうも指が前後して肛肉が開閉されるたびに、心地良さが広がっていく。

（だめ、声は……）

女の子のように喘いでしまったら、翠は明日から玲子たちの言いなりになって過ごさなくてはならない。

女装させられるだけでなく、いまのような淫らな行為も繰り返されるのだ。

「いやっ、そんなの、あああっ！　だめっ、あああっ、あああ」

なんとか堪えなければと翠が白い歯を食いしばろうとした瞬間、狙いすましたように、アナルを嬲っていた玲子の指が奥深くまで入ってきた。

先端部が的確に前立腺のある場所を捉える。

「あああっ、はあああん！　あああっ、やめて、あああ」

再び強烈な快感に苛まれ、翠は顔を天井に向けて喘いだ。

もう声を抑えることなどできず、視界すら定まらない。

「あらら、翠ちゃん。女の子みたいな声が出てるわよ、いいの？」

悲しい顔をしながらも、どうしようもなくよがり泣いてしまう美少年の腸壁を、玲子はさらに調子にのって指で抉ってきた。

「あああっ、こんなの……ああっ、だめええ！　ああっ、あああ」

翠のいまの声色は、今日の昼間よりもさらにトーンがあがっていて、元の声質もあってか完全に女性の喘ぎ声のようだ。

過去に観たアダルトビデオの女優と、さほど変わらないような艶のある声を、自分が出しているとは思いたくない。

だが前立腺を押されるたびに、搾り取られるように浴室にこだまさせてしまうのだ。

「あああっ、はあああん！」

反応しているのは声だけではない。いままで意識したことすらなかった前立腺の快感に、いつの間にか肉棒が勃起していたのだ。

「ああ、あんなに出したのに……あああっ、あああ」

直腸をグリグリと押されるたびに、腰骨が砕けるような快感に全身が昂っているが、気持ちは戸惑いと恐怖しかない。

そんな中で硬化している逸物は、もう自分の意識から完全に離れているように思えてたまらなかった。

「ここを刺激したら勃起しちゃうのよ。男の子の身体って、そういうふうにできてるのよねえ」

いま翠の肉体の主導権を持っているのは、完全に玲子だ。

彼女は楽しげに声を弾ませながら、空いている左手で後ろから怒張をしごいてきた。

「いやっ、玲子さん……もう、あああっ！　おチ×チン責めないで、あああっ」

アナルと前立腺への攻撃に加え、まだ先ほどの射精の余韻も残っている亀頭を擦られ、翠は涙を流して哀願する。

前立腺と肉棒の快感が下半身で混ざりあい、意識まで痺れていく。

「ああっ、だめえ！　あああん、あああああ」

もちろんだが、もう声を抑えることなどできない。耐えなければ女たちのオモチャだと考える力すら、翠にはなかった。

「翠ちゃん、顔も声も完全に女の子になってるわよ。男でいたいんじゃないの？」

虚ろになった瞳から、涙を流しながら喘ぐ翠に同情するどころか、玲子はさらにアナルから直腸を突く指のピストンのスピードをあげ、肉棒を強くしごいてきた。

「だって、あああっ……だって、あああん！　もう無理ですう、あああっ！」

あまりに激しい快感に、翠はついに意識も遠くなってくる。アナルが熱く燃えさかり腰骨がジーンと痺れていった。

(ぼ、僕ほんとうに男なの……)

無意識によじれる身体。浴室にこだましながら自分の耳に入ってくる、トーンの高い艶のある嬌声。

まさにビデオの中で、肉棒で突かれてよがり泣くアダルト女優となにひとつ変わらない、淫らな牝がそこにいるのだ。

「あああっ、だめえ！　あああ、あああああ」

まだ心の片隅に、女の子になってはだめだという思いはある。だが肉体のほうが耐えることを許してくれないのだ。

「ああああっ、もうだめえ！　あああっ、イク、イッちゃう……」

アナルをほじられながら、しごかれている怒張がまた昂りきった。

もう四回目なのに、肉棒は自分でしているときよりも遥かに敏感で快感も強い。

「出しなさい、翠ちゃん！　そのあとで、また新しい快感を教えてあげるわ」

「あああっ、そんな、もう許して……あああっ、あああっ、だめっ、出ちゃう！」

射精させたあとも、まだ嬲ろうというのか。驚きのあまり翠は目を見開くが、一気に強い快感が押し寄せてきて絶叫した。

「あああっ、イクううううう！」

ここでも翠は、女が限界を叫ぶときと同じような声をあげ、腰を折った身体を大きくのけぞらせた。

逆に肉棒は男の絶頂に脈打ち、精液を勢いよく発射した。

「あぁっ、くううう……あああっ、だめっ、あああ」

さすがに四度目ともなれば、快感の中にも苦しみがある。

もう射精したくないと心も身体も訴えている感覚の中で、精液が尿道を通って飛び出していった。

「はあああん、ああっ！　くうう、あああん」

ただ、射精の量は衰えておらず、浴室の壁にまとわりついたままだった精液に、さらに上書きするように滴っていく。

生臭い牡の香りが鼻をつき、男と女を行ったり来たりしているような感覚に、翠を陥らせていった。

「ちょっと薄くなってるけど、たくさん出たわね。翠ちゃんって、もともといやらしい子なのかな？」

壁に糸を引いている白濁液を、立ちバックの体勢の翠の下半身越しに覗き込みながら、玲子が声を弾ませた。

「い、いやっ、言わないでください。ああ……」

一日に四回も射精しただけでなく、アナルを責められて淫らに喘ぎながら放出してしまった自分。

もうボロボロになっている心まで嬲られて、翠は涙を流すのだ。

「声もすごく出てたわね。女の子みたいな声を出しながらイッたって、認めてくれるわよね？　翠ちゃん」

勝ち誇ったように言った玲子は、突き出された翠のお尻を肉棒から離した左手で軽く叩いてきた。

「あっ、あああっ、それは……ああっ、いやっ、ああ」

平手打ちは一度では終わらず二発三発と続き、浴室に乾いた音が響く。

もちろん、女の子のように喘いだことを否定できないと翠も自覚はしているが、すぐに返事を返すことができなかった。

口にしてしまったら、ほんとうに戻れなくなってしまうからだ。

「あっ、ああああっ、あああん、痛い！」

玲子は無言のまま平手打ちを続ける。翠は痛みを口にしてはいるが、ジーンとするお尻に奇妙な熱さを感じていた。

そして、出つづける声が甲高い女の声になっていることに、翠は気がついていなかった。

「ふーん……じゃあ、認めるまで感じさせちゃおうかな」

十発ほど翠の尻たぶを叩いたあと、玲子は翠のアナルに指を入れたままになっている、もう一方の手を使いはじめた。

細くしなやかな彼女の指先が、再び腸壁の向こうにある前立腺を刺激しはじめた。

「ひあっ、あああっ、もう許してください！　あっ、あああ」

腸の向こう側にあるそこを玲子の指がコリコリと揉みはじめると、また強烈な快感が肉棒の根元あたりに向かって走る。

亀頭周りの快感とはまったく異種の悦楽に、翠はお尻を突き出した身体を激しくよじらせ、再び淫らな声を響かせた。

(僕……ほんとうに女の子みたい……)

肉棒以外で感じていることが、翠の心を追い込んでいく。

アナルという穴を責められて快感を得るということそのものが、男という性と正対しているように思うのだ。

「だいぶお尻も柔らかくなってきたわね。二本にしてみよう……」

戸惑い悩乱する翠のアナルを嬲る指の数を、玲子は増やしてきた。

一度指が引かれてすぼまった肛肉が、さらに大きく拡張された感覚が起こる。

「あああっ、だめえ！　あああん、広げないで、あああっ！」

浴室に壁に両手をついた身体を弓なりにして、翠はよがり泣きを開始する。

アナルを広げられている、それそのものが気持ちいい。

「あっ、あああ、お願いします……あああっ、あああ！」

玲子は指を大きく前後させて、アナルを強制的に開閉させる。とくに肛肉が開かれたさいに、擬似的に排便させられているような解放感が湧きあがり腰が震えた。

「どう？　女の子の気持ちに少しは馴れたかしら」

精一杯の哀願をする美少年を無視して、玲子はさらに指のピストンの速度をあげてきた。

かなりのピッチで肛肉が開閉され、前立腺ともまた違う、たまらない快感に腰や膝が震えた。

「あああああっ、わかりました、あああん！　女の子みたいに、感じてますぅ！」

このままでは、ほんとうに自分は狂ってしまうのではないか、そんな思いの中で翠はすべてを捨てて叫んでいた。

女のように感じてしまったら、彼女たちの言いなりにならなければならないのがわかっていても、否定する気力はもうなかった。

「翠ちゃん、あなたってすごく敏感な身体ね。普通、初めてのアナルでこんなに感じないわよ」

懸命の訴えに玲子は指ピストンは止めてくれたものの、根元まで翠の中に押し込みまた指で前立腺を押しあげてきた。

「あああっ、ひあっ、そこもだめぇ！　あああん、あああ……」

指が増えたことにより、前立腺への圧迫がさらに強くなった。

すると通常時よりもさらに萎んだ状態でしなだれていた肉棒が、ムクムクと起きあがりはじめたのだ。

「そ、そんな、ああっ！　はうっ、あああっ！」

気持ちの昂りもないし、直接的な刺激を受けたわけでもないのに勃起していく股間のモノに、翠は激しく狼狽えて声をあげた。

「前立腺で感じてるから、おチ×チンが反応しているのよ。不自然な現象ではないわ。さあ、翠ちゃん、こっちにおいで」

それがさも当たり前の出来事のように笑いながら、玲子はアナルから指を引き抜き、翠の腰を抱き寄せた。

「あ……ああ……これ以上は……あ……」

膝の力が完全に抜けている翠は彼女にされるがままに、浴室の床に尻もちをつくように座らされた。

玲子もそのまま翠の背後に座り、後ろから翠の上体を支える体勢となった。

「あら、乳首もすごく勃起してるわね」

後ろから翠の背中を支えながら、玲子は筋肉の盛りあがりもほとんどない、翠の薄い胸の先を指で引っ掻いてきた。

「はっ、はあああん、あああっ！」

両の乳首から強烈な電流が駆け抜けて、翠は大きく背中をのけぞらせた。

ほとんど軽く触れられただけだというのに、浴室の床に脚を開き気味に座る下半身までもが引き攣っている。

(どうして、こんなに……)

わずかな刺激に強い反応を見せた自分の肉体が、翠は信じられない。

ふと下に目をやると、まだ勃起している肉棒がビクビクと動いていて、ここもなにかを求めているように思えて悲しい。

「可愛いわ、翠ちゃん、乳首が弱いのね。ふふ、これから毎日開発してあげるわ」

過敏に感じていることに玲子も当然気がついていて、こんどは両の乳首を軽く摘まんでこね回してきた。

「はあああん、いやあん！ああっ、そんな、毎日って、明日からも……」

華奢な上半身を大きく引き攣らせながら、翠はなよなよと首を振る。

もう苦痛か快感かわからない、この感覚が恐ろしいこともある。

(僕の身体が、どんどん勝手にされていく……)

ただ、一番恐怖なのは、肉体が彼女たちの思うようにコントロールされはじめていることだ。四度も射精して勃起する力も残っていないはずの肉棒も、前立腺を刺激されると、たちまち天を衝いて立ちあがり鎮まる気配もない。

（ああ……怖い……）

そしていままで性感など知らなかった乳首も、軽く触れられただけで背中が弓なりになるくらいに感じてしまう。

自分の身体の行く末が恐ろしく、翠は涙が溢れ出しそうだ。

「あら、翠ちゃん約束を忘れたの？　女の子みたいな声を出して感じてしまったら、どうする約束だったたっけ？」

翠のピンクの乳首を軽く捻りながら、玲子が耳元で恐ろしいことを囁いてきた。

「あっ、はあああん！　そ、それは……ああっ」

玲子の乳首を弄ぶ力は絶妙で、なんとか話せるくらいの快感が湧きあがる。

そしてごまかしようがないくらいに、可愛い少女のような声のトーンでよがるのだ。

「あら、さっき女の子の気持ちがわかったっていうのは嘘かしら？　じゃあ、もう一度ちゃんと認めてもらわないとね」

さらに身体が自分の心から離れていく恐怖に、なかなかそれを受け入れられない翠だったが、玲子は怒るどころか逆に楽しげに微笑んだ。

そして左手で乳首をこねたまま、右手を肉棒に触れさせてきた。

「ああっ、はうっ、あああ！　もう許して……ああっ、あああ」

背後から伸びる白く艶めかしい腕が、翠の乳首と亀頭を刺激してきた。

二匹の白蛇に身体を絡め取られているような錯覚を覚えながら、翠は潤んだ瞳を宙に彷徨(さまよ)わせて喘ぐのだ。

(怖い……だけど……約束を守らなかったら……)

違約金のこともあるし、意地を張って認めなかったら、恥ずかしい写真をばらまかれるかもしれない。

自分はもう、どうすることもできない。翠の心を諦(あきら)めの気持ちが支配していった。

「あああっ、僕は……あっ、あああっ、くうううう」

彼女たちの言いなりになるのは、得体の知れない恐怖がある。

だがなぜか、翠は胸の奥が強く締めつけられた。

(どうして……)

きっと玲子は、明日からも翠をさらにいたぶり抜いていくるだろう。そう考えると恐怖と同時に、ときめきにも似た心の熱さを覚えるのだ。

「あああっ、あああっ！　いやっ、あああっ、あああ……」

翠はどんどん悩乱し、肉棒と乳首の快感に細い身体をよじらせる。

もうなにかを考えるのも辛く、すべてを放棄してしまいたい。だがなぜか、身体の感覚だけははっきりとしていた。

「どうなの？　翠ちゃん、はっきりしなさい」

厳しめの口調で言った玲子は乳首を捻り、硬化している亀頭を握りつぶすように強く握ってきた。

「はっ、はあああん、あううう、はいいい！　僕は玲子さんたちの命令に、絶対に従いますう、あああっ！」

敏感な箇所を強く責められる痛みすら、いまの翠の身体は快感に変えてしまう。

浴槽の湯が少し冷めて湯気が引いた浴室の壁に鏡があり、そこに映った自分の顔がはっきりと見えた。

（なんてエッチな顔……）

大きな瞳を潤ませた鏡の中の少年は、半開きになったままの唇の横からヨダレまで流している。

顔は確かに自分なのに、なぜか他人を見ているような思いで翠は見つめていた。

「じゃあ、明日からまずは、可愛くて色気のある女の子になるための訓練よ。一生懸命やること、いいわね！」

もう完全に脱力している美少年の身体を後ろから支えながら、玲子は亀頭部を揉みはじめた。

「あああっ、はい、あああっ！　女の子になれるように……あああっ、練習します」

なにが行われるのか見当もつかないが、意識も怪しい翠は、いわれるがままに了承していく。

「よろしい。じゃあ、最後にもうひとつ、翠ちゃんに新しい快感を教えてあげる」

恐ろしい言葉を口にしたあと、玲子は亀頭にある手を左右に捻りはじめた。

「ああっ、もうこれ以上は……ああっ、あああああ」

その動きは水道の蛇口を回す動きと同じで、左に右に翠の敏感な亀頭をこねる。

「ああっ、はうっ！　もう今日は、あああっ、出ません……あああ」

疲れ切った感じのする肉棒を刺激されると、快感よりも苦痛が上回っている。

翠は泣き声をあげながら、ショートの黒髪を振り乱して泣いた。

「命令には従う約束でしょ、力を抜きなさい。それにこれは、精液をたくさん出したあとのおチ×チンを責めて、初めてできるんだから」

わくわくした様子で玲子は翠の乳首を指で弾き、亀頭をずっと捻りつづけてきた。

「ああぁっ、こ、これって？」

もう反抗することに対しては諦めの気持ちなのだが、玲子の言った意味がわからずかえって恐ろしい。

射精したあとの肉棒をいたぶって、なにが起こるというのか。

「ふふ、女の潮吹きって知ってる？　あれって、実は男の子でもできるのよ」

「ええっ？」

映像で見ただけではあるが、アダルト女優が膣を責められて水流を噴きあげる姿を見たことはある。

ただ、あれと同じようなことが男にも、それも自分がしてしまうというのか。

「ああっ、こ、怖い……あああっ、いやあああ」

そうなったらどんな醜態(しゅうたい)を晒してしまうというのか、翠はいいようのない恐怖に泣き叫んだ。

「経験した子は、みんなすごく気持ちいいって言うわ。ほら、もっと速くするわよ！」

玲子はさらに亀頭を捻る手のスピードをあげる。ただ、強くは握っておらず、柔らかな彼女の手のひらの肌が密着して、軽く擦りつづけている感じだ。

「ああ、僕……あああっ、あああああん！」

確かに肉棒をしごかれているときとは、少々違う快感が湧きあがっている。浴室の床にお尻をべったりとついて、細く白い脚をだらしなく開いたまま、翠は華奢な身体をくねらせていた。

「ああっ、いやだ！　あああっ、なにか変です……あああ！」

ずっと一定のペースで、玲子の手が亀頭をくりくりとこねつづけていく。すると快感の中に混じって、下腹のあたりがムズムズとしはじめる。

そしてそれが肉棒の根元に広がり、竿の中まで痺れていくのだ。

「あああっ、こんなの……あああっ、ああああん！」

だんだん尿道の感覚がなくなっていく。戸惑いながらも翠は、甲高いまさに少女のようなよがり声をあげていた。

「いやああ、なにか来る……あああっ、あああ！」

ここでも声が一オクターブはあがっている。もう諦めて玲子の言うとおりにしようとしているのか、それとも責められ続けて心が女性化しているのか。

翠は肉棒の奥から、なにかがあがってくるのを感じた。明らかなのは、精液が出てくる感覚とは違っていることだ。

「そのまま出しなさい！　身を任せて」

玲子も興奮気味に叫び、翠の背後から回している腕を大きく動かし、亀頭をこねるように捻った。

「ああっ、いやっ、あああああっ、なにこれ？　あああっ、はうっ！」

身体は完全に自分の意志を離れ、腰が勝手にガクガクと上下動を繰り返す。

肉棒が痺れて蕩けるような感覚の中で、翠は射精よりもさらに激しいエクスタシーに呑み込まれていった。

「はあああああん、イクううううう！」

わけもわからず肉体が痙攣を起こし、翠は目を閉じることもできずに叫ぶ。

それと同時に、尿道を熱い液体が勢いよく駆け抜けていった。

「あああっ！」

もう感覚がない肉棒から、白濁した水流が立ちのぼった。

色は精液に似ているが、遥かに薄くて粘り気もない液体が、尿道口から飛び出していく。

「これが男の潮吹きよ。もっと出して！」

発射の直前に亀頭に覆い被せていた手を逃がした玲子は、竿の部分を絞るようにしごいてきた。

「はああん、僕……あああっ、止まらない！　ああっ、あああん！」

唇をだらしなく開いた翠は、朦朧とする意識の中で何度も水流を噴きあげる。

断続的に飛び出す潮は、精液よりも量が遥かに多く勢いも激しくて、まさに噴水のように浴室に飛び散っていった。

「こんなに出して……淫乱な子ね、翠ちゃんは。ほら、最後まで出しなさい」

玲子は絶妙なタイミングで手に力を込めてきて、絶頂の発作が強くなり水流もさらに勢いを増す。

大きく開かれたままの翠の細い脚が何度も引き攣り、内腿が波打っていた。

「ああっ、僕は淫乱……ああっ、あああああ！」

淫乱という言葉が女性だけのものなのか、それとも男女共通なのかはわからない。

ただ、考える余裕もなく翠は、壁から滴る大量の精液と床に広がる白濁した潮溜まりを見つめ、自分はまさに淫らな犬になったんだと、ぼんやり考えていた。

第三章　女サディストの強制射精

「やっぱり、すごく似合うわねえ」

玲子の家から解放されたあと、泥のように重くなった身体をベッドに投げ出して眠った翠を、翌朝に萌が起こしに来た。

彼女も同じ寮の別の階に住んでいるらしく、翠の着替えを手伝いに来たというのだ。

「玲子さんから聞いたよ。潮吹きまでしたそうじゃない。私も見たかったなー」

男の娘用のイエローのブラジャーとパンティを紙袋から出しながら、萌は少し不満げに言った。

「そんなの……」

Tシャツとハーフパンツで寝ていた翠は、自室にあるテーブルに広げられた、女性用にしか見えない下着から目を逸らす。

玲子はすでに詳細を部下たちに伝えているというのか。昨日は萌に飲精までされた恥ずかしさもあって、翠は顔をあげられなかった。

「あまり時間がないわ。メイクもしないといけないから、早く着替えなきゃ」

萌は立ったままの翠のTシャツを、強引に脱がせていく。

「こ、ここから女装して行くんですか？」

モデルをするのなら、会社に行ってから着替えれば充分ではないのか。上半身裸になって薄い胸を晒した翠は、少し後ずさりした。

「そうね、君には常に女の子であることを意識してほしいの。だからプライベートでも、なるべく男っぽい格好はやめてね」

戸惑う翠にかまうことなく、萌は服を全部会社が用意するからと言って、パジャマ代わりのハーフパンツに手をかけてきた。

「あ、やめてください！」

そのままパンツまで引き下ろそうとしてきた萌に、翠は慌てて腰を引いた。

全部見られているとはいえ恥ずかしいし、それにまだ女装への抵抗は消えていない。

「あれっ？　翠ちゃんは今日から私たちの命令には絶対服従だって、玲子さんから聞いたけど」

少し意味ありげな笑みを浮かべて、萌は可愛らしい声で言った。

「ああ……それは……」

違いますとはもう言えない。昨夜、自分が獣のような声で、よがり泣いたのを思い出したからだ。

「うふふ、これは玲子さんから伝言。今日から翠ちゃんは、二十四時間女であるための訓練を一生懸命すること、だって」

癒し系の可愛らしい笑顔で驚くことを言った萌は、翠の足先にピンクのフリルが付いたパンティを持ってきた。

「ああ……」

もう逆らっても無駄だと、翠は諦めの気持ちで萌が持つパンティに足を入れた。

「じゃあ、翠ちゃん。今日から翠は女の子ですって、ちゃんと言って」

顔を伏せている翠に、萌は冷たい感じで言い放った。

「す……翠は今日から、女の子になります……」

外側のデザインからはまったくわからない、肉棒の盛りあがりを押さえるための女装用パンティの圧迫を感じながら、翠は力なく口にした。

（え……やだ……嘘……）

用意されていたのは、もちろん下着だけではなく、少し緩い感じのする長袖のTシャツとショートパンツだった。

Tシャツのほうは丈も長くて身体のラインもほとんど出なかったが、ショートパンツのほうは翠の白い足が付け根のあたりまで露出する、きわどいデザインのものだ。

「うわ、可愛い。ほんとに妬けちゃうわ、女として」

黒髪を整えメイクを施された翠が、すらりとした脚を伸ばして立つ姿を見て、萌は感嘆の声をあげた。

鏡に映った姿を見ると、どこから見ても高校生くらいの女子にしか見えず、それが翠の心をよけいに重くするのだ。

（いつか、ほんとうの女の子になってしまうんじゃ……）

身も心も女となり、男である自分はこの世から消え去ってしまうのではないか。

漠然とした恐怖に胸が締めつけられ、翠は顔をあげられなくなるのだ。

「さあ、出勤よ」

靴も女物が翠のサイズで用意されていて、彼女たちの手回しのよさを感じる。

女装用の下着のモデルを探していたと言っているが、ほんとうは自分たちのオモチャにする少年を求めていたのではないか。そんな気さえしてくるのだ。

(すごく見られてる……)

寮のマンションから駅まで少し歩くのだが、人通りの多い商店街も抜けていかなくてはならない。

この時間帯、ほとんどのお店が閉まっている中を、スーツ姿のサラリーマンらしき人々が歩いていく。

そしてそのほぼ全員が、男女も関係なしに翠を見つめてくるのだ。

「うわっ、細くて綺麗な脚……どうしたらあんなになるのかしら」

男性は欲望を感じさせる視線を。女性は翠の白く長い脚を羨望の眼差しで見つめてくる。

(ああ……僕は男なのに……)

そして誰もが、翠が男性だということに気がついてもいない。もともとすね毛もほとんど生えていないうえに、産毛も先ほど萌に処理されたので、太腿やふくらはぎも艶やかに輝いていた。

「ほら、向こうの二人。朝からナンパしてくるんじゃない?」

萌はいっしょに出勤すると言ったが、翠と微妙に距離を取ったり近づいたりしている。

いまは信号を待っているので、すぐ後ろに立った萌が囁いてきた。

「そんな、いやです」

萌の視線の先には、道路の反対側で信号を待つ人垣がある。その中に大学生っぽい男の二人組がいて、翠を見ながらなにやら話している。

「やだ……」

信号が青に変わり、翠は歩きだす。二人組とはほとんど正対している立ち位置だったので、すぐそばですれ違う。

彼らは片時も翠から目を離さず、露骨な視線を這わせてきた。

「可愛いお尻だな」

「ああ……プリプリしてそう」

結果、男たちはナンパこそしてこなかったが、すれ違いざまショートパンツに包まれた、翠の小ぶりなヒップを見て声を漏らしていた。

「いっ、いやっ」

思わずヒップを両手で覆いたい衝動に襲われる翠だったが、してしまうと彼らを刺激してしまいそうな気がしてできなかった。

「ああ……」

なんとかそれをやり過ごして駅への道を歩く。自分が女に見られている嫌悪感に胸が締めつけられるが、一方で奇妙な感情も翠の中に湧きあがっていた。

彼らがなにも声をかけずに去っていったことを、残念に思う気持ちだ。

（そんなこと……ありえない……）

男にナンパされたい、女の子として可愛いと思われたい。そんな気持ちが自分の中に芽生えていることに、翠は驚き慌てて否定した。

「どうしたの？　翠ちゃん、顔が赤いわよ」

男たちと距離が離れると同時に、萌が囁いてきた。翠はドキリとして顔を引き攣らせる。

「赤くなんか……」

心の戸惑いを見透かしているような笑顔を見せる萌から慌てて視線を外し、翠は駅への道を急いだ。

電車の中でも大勢の視線に晒されつづけた翠だったが、会社についたらついたで、さらなる地獄が待ち受けていた。

「だいぶ柔らかい感じがしてきたけど、まだまだね」

朝に身に着けたものとは違うイエローの女装用下着を身に着けさせられ、宣伝部の美智によって試し撮りをされていた。

まだ本格的にカメラマンを入れて撮るには、いろいろと練習しなければいけないと、彼女たちは言った。

「そうねえ、うーん。固いよね、全体的に」

昨夜、翠をボロボロになるまで責め抜いた玲子も、いまはグラマラスなその身体をスーツに包んでいる。

営業部の樹里はいないが、萌と美智、そして玲子に見守られる中、翠は壁にスクリーンが張られ、さまざまな場所に照明機材が置かれた撮影用の部屋で、いろいろなポーズを取らされていた。

MM社は撮影設備まで完備して自社で宣材を作り、ネット販売のさいに顧客の視覚に訴える手法をとっているらしかった。

(そんなことを言われても……僕は男だし……)

肩のラインがどうこうと話している女たちを見て、翠はそう思った。

男である自分が、女性のような柔らかな身体つきであるはずがない。食べても太らない体質なので、脂肪もかなり少なめだからだ。

「そういえば翠ちゃんって、身体は柔らかいほうなのかな？」

ふと気がついたように美智が言った。白のブラウスにパンツルックの彼女は、凜々（りり）しさを感じさせた。

「ちょっと、前屈してみて」

玲子に命じられて、翠はイエローのブラジャーとパンティの身体を折るが、指と床が五センチ近く離れていた。

翠は生まれつき柔軟性が低く、運動も苦手で部活に入ったこともなかったので、かなり硬い身体をしていた。

「どうりで動きも固いはずだわ。これはちょっと、ほぐさなきゃいけないわね」

「そうですね。写真なら関係ないと思うかもしれないけど、そういうのって見てる人に伝わるからね。ストレッチをしないとね」

玲子の言葉を聞いて、美智が翠に顔を向けて言った。ただ、二人ともその表情が、なんとも淫靡な笑みに変わっていた。

「ほら、翠ちゃん、お返事して」

ただのストレッチですみそうにない予感に怯（おび）えている翠の肩を、萌が軽く叩いた。

「は、はい……頑張ります……」

そう答えるしかない翠は、力なく頷くだけだった。


大きなビルの二つのフロアを独占しているMM社の社内には、撮影スタジオだけでなく、シャワールームや、子供がいる社員用の託児所。健康増進用に、フットネスジムまで完備していた。

そこで、翠の柔軟性をあげるためのトレーニングを行うこととなったのだ。

「わあ、似合うわ、翠ちゃん」

パウダールームで女たちが先にウエア姿になってジムに行き、そのあとで翠が渡された衣装に着替えをすませた。

エアロバイクや筋トレ用のマシンが何台か並んだ、けっこう広めのジム内にある、ストレッチをするようの六畳ほどのマットスペース。そこに向かった翠に、女たちが歓声をあげた。

「こ、こんなの、ああ……」

翠がいま身体に着けているのは、白の薄い生地でできたレオタードだった。

肩紐があり胸も布で覆われてはいるが、生地が伸びて乳首の形がうっすらと浮かんでいた。

「ごめんね、さすがに女装用のはなかったから。おチ×チンの形が、くっきりしちゃっているわね」

女たちは翠とは対照的に、全員がTシャツにハーフパンツ姿だ。その中で、萌が翠の股間を指差した。

謝っているが、顔は満面の笑みだ。

「い、いやっ、見ないでください」

白のレオタードは生地が薄いだけでなく、股間の布が狭くて食い込みが鋭い。

白い肌にくっきりと腰骨が浮かんだ腰周りは露出し、布越しに肉棒だけでなく、玉袋の形まで浮かんでいた。

「お願いです、いやだ……」

彼女たちの視線が、布が厳しく食い込む股間に集中していることに気がつき、翠は激しい羞恥に襲われる。

両手で股間を隠し、背中を丸めた。

「どうせ全部見られてるじゃない。さあ、ストレッチを始めるわよ」

ここにいる玲子、美智、萌には昨日から肉棒どころか、お尻の穴まで見られているのだから確かにそうかもしれない。

ただ、薄い布に肉棒や乳首を浮かべているこの姿は、裸よりも恥ずかしいと翠は思うのだ。

「ほら、あんまり時間をかけてると、仕事が終わった人がトレーニングに来ちゃうよ」

顔を真っ赤にしてうずくまっている翠の背中を、萌が軽い調子で押してきた。

今日の午前は座学での研修で、お昼を食べてから撮影のテスト。だから時間はいま午後三時だ。

「ああ……」

五時の終業時間になれば、トレーニングに現れる社員がいるかもしれない。

いまのところMM社の他の従業員たちは、翠が女装用下着のモデルをしているのは知っているが、淫らな調教を受けていることまでは知らないはずだ。

女装というだけでも好奇(こうき)の目を向けられているというのに、変態的な快感に喘いでいることまでバレたらと思うと、生きた心地がしなかった。

「ほら、脚を開いて。うわ、硬いわねえ」

マットの上に尻もちをつく形で座り、両脚を左右から二人がかりで開かれるが、脚の裏側の筋肉や腱が硬いので膝が伸びない。

「くううう、く、痛い……」

さらに後ろから背中を押されるが、股関節が痛くてほとんど曲がらなかった。

「もっと力を抜かないと」

後ろから押しているのは社長の玲子だ。彼女はずっと翠につきっきりで他の仕事は大丈夫なのかと思うが、美少年をいたぶることが楽しそうだ。

「だって、くううう」

開脚して押されると、上半身が前にはいくが、すぐにバネでも付いているかのように元に戻る。

これには、両側で翠の脚を押さえている萌と美智も呆れた顔をしている。

「力が入りすぎよ。ほら、気持ちよくしてあげるから、リラックスしなさい」

そう言った玲子は、大きく前に突き出した乳房を翠の首の後ろに押しつけるようにして体重をかけながら、空いた両手でレオタードの白生地に浮かんだ乳首を責めてきた。

「あっ、そんなの……あああっ、関係ないです、あっ」

繊細(せんさい)な動きを見せる玲子の指先が、コリコリと乳首を引っ掻いてきた。

すると甘い電流が突き抜けていき、上半身がジーンと痺れるのだ。

「玲子さん、それって逆に緊張しちゃうんじゃないですかあ？　あはは」

背中を引き攣らせる翠を見て、萌が笑いながら注意をしている。社長のこういう性癖に、ちょっと呆れている感じだ。

「中途半端にしたらね。本格的に感じたら、脱力するわ」

妙に自信ありげに言った玲子は、絶妙な力加減で翠の両乳首を弾いてきた。

「あっ、だめっ！　あああっ、くうう、あああ」

たった一日で驚くほどに乳首が敏感になっている翠は、さっそく甘い声をあげてしまう。

玲子の言っていることは滅茶苦茶な理屈に思えるが、翠の肉体は彼女の思うように反応していた。

（僕は……ああ……）

翠は自分の肉体が、淫らに変化していっていると自覚していた。

ただ、恐ろしいのは、彼女たちの責めが始まってまだ二日目だということだ。

「あっ、あああっ、はうっ、ああああん！」

乳首を指で摘まれたり引っ掻かれたりするたびに、甘い電流が湧きあがって、小さめの唇が勝手に開いて甲高い声が漏れる。

自分の中にはほんとうに女が住んでいるのではないか、それもとんでもない淫乱が。

翠の心は、ますます混乱していくのだ。

「力は抜けてきたけど、ほんとにかたーい！」

乳首の快感に翻弄(ほんろう)されて、ストレッチで曲げられる脚の痛みは忘れていたが、あまり身体が前に倒れてはいなかった。

「これは、動かしてあげたほうがいいと思いますよ。翠ちゃんをまんぐり返しの体勢にして、私が股関節をほぐしましょう」

さらに美智がそう言って、玲子が翠の乳首から手を離した。

「やだあ、美智さん、まんぐりだなんてエッチね。でも翠ちゃんも、モデルになるためだから少し我慢してね」

女たちはきゃっきゃっと騒ぎながら、翠の両脚を持ちあげてきた。

「あっ、なにを……」

驚く暇もなく、翠は身体を転がされる。

頭を下にして背中を丸め、白レオタードが食い込んだ股間部分が真上を向く。翠はよく知らないが、この体勢をまんぐり返しというのだろうか。

「あはは、おチ×チンがくっきり」

こんな体勢になると、ただでさえ少なめの布が股間に鋭く食い込み、肉棒の形がはっきりと薄布に浮かんでいた。

「いやっ、こんなことして。なんの意味があるんですか?」

辱(はずかし)めるためだけに、みじめな体勢をとらせたのだと涙ながらに抗議した。

「あら、ちゃんと股関節を柔らかくするためよ。私は大学までバレー部だったから、ストレッチにも詳しいのよ」

小柄な翠よりもかなり身長が高い美智が、萌に目配せをしてから脚に手を伸ばしてきた。

先ほどと同じように、それぞれが翠のしなやかな白い脚を一本ずつ担当し、前後に動かしはじめた。

「動的ストレッチってやつよ。動かしながら、ほぐしていくの」

美智が翠の脚を伸ばしたり回したりを繰り返し、それを萌がまねていく。

「うっ、くうっ」

頭をマットに付けて背中を丸める体勢をとっているので苦しいのは変わらないが、股関節の痛みはさっきよりましだった。

「もっと力を抜いて。はい、いち、に」

美智のかけ声にあわせて、両脚が大きく動いていく。ただ、股間を上向きにして晒していることへの抵抗があるせいで、脱力ができていないのが不満のようだ。

「よしよし、私に任せなさい」

その様子を見ていた玲子が不気味な笑みを浮かべながら、翠の身体に手を伸ばしてきた。

彼女は翠の股間をなんとか隠している感じの、レオタードの布を横にずらしてきた。

「あっ、いやっ！　なにを」

白い布が横にずらされて、肉棒と玉袋がこぼれ落ちた。そこに冷たい空気があたるのを感じ取って翠は羞恥に震える。

「力を抜くといえば、ここでしょ」

舌なめずりをした玲子の指が、肉棒とともに晒された茶色のすぼまりに侵入してきた。

「あっ、そこは……あああっ、いやっ、あああ」

昨日に続いてアナルを広げられ、翠は甲高い声をあげる。

こんな場所を二日も続けて嬲られるのも嫌だが、一瞬で腰がジーンと痺れて身体が熱くなることがもっと辛かった。

「うふふ、だいぶここも柔らかくなってきたわね」

人差し指だけを入れた玲子は、すぐさまそれに中指を加えて二本にして上下に動かしてきた。

「あっ、いやっ！　あああっ、はあああん、あああっ」

ずぶずぶと二本の指が上下に動き、アナルが強制的に開閉させられる。

昨夜目覚めさせられてしまった肛肉は、すぐに甘い快感に蕩けていき、翠も淫らな声をあげた。

「いい感じに力が抜けてきたわ」

玲子が淫靡にアナルを嬲る一方で、美智は翠の脚を動かすのを止めて大きく引き伸ばしていく。

「あっ、くううう……はあああん、ああっ」

萌も動きをならい、翠の両脚は内腿に筋が浮かぶくらい大きく開脚させられた。

筋の痛みとアナルの快感が混ざりあい、翠は混乱していく。

「あら、大きくなってきてるわよ、翠ちゃん」

ただ、肉体のほうは敏感に反応していて、肉棒が徐々に硬くなりはじめていた。

レオタードの布が引っかかった状態で上を向いているので、女たちはすぐに気がついて笑いだす。

「お尻の穴をいじられて、おチ×チンって大きくなるものだったかしら？」

「さあ？　萌、知らなーい」

戻ろうとする翠の脚に力を加えながら、美智と萌がわざとらしい会話をしている。

「ああっ、そんな……あっ、あああっ、あああ」

彼女たちの言葉に、昨日の前立腺の快感を思い出して翠は激しく戸惑う。

精も根も尽き果てた状態の肉棒が、前立腺への刺激によってすぐに復活したからだ。

身体を丸めて頭をなよなよと振る美少年を見て、玲子はニヤリと笑い、腸壁を指で押し込んできた。

「あああっ、はうっ！　そこいやっ、ああっ、はうううん」

昨夜まではそこにあることも自覚していなかった器官を刺激されると、異種の快感に身体が震えた。

「うわっ、すごい反応」

ずらされたレオタードが引っかかっている肉棒が、前立腺への刺激と同時に弾けるように立ちあがった。

亀頭もはち切れんがばかりに赤らんでいて、その勢いに萌や美智も驚いている。

「そうよ、翠ちゃんって、前立腺の才能がとってもあると思うの」

玲子は笑顔のまま、指でくりくりと腸壁越しに前立腺を揉んでくる。

「はあああん、そんなの、あああっ、いやだ！　ああっ、あああん」

上を向いて二本指を呑み込んだアナルをヒクつかせて、翠は悩ましい声をあげる。

いくら否定の言葉を口にしても、これでは説得力がない。

「あっ、あああっ、はううう、あああん！　僕……ああ」

女二人に抑えられている両脚も、ずっと小刻みに痙攣している。そのくらい前立腺の快感は強く、翠は意識さえも朦朧としてくるのだ。

「おチ×チン、ビクビクしてて可哀想」

真上を向いた股間で、生き物のように脈打っている肉棒を萌がしごいてきた。

「いまだめです！　あっ、あああああ」

萌の手が一こすり二こすりした瞬間、とんでもない快感が肉棒の根元を締めつけた。

「あああっ、出ちゃう！　ああっ、あああああ」

それは自分でも信じられないくらいの強さで、丸めている背骨までが熱く痺れた。

開かれたままの両脚がつま先までピンと伸びきり、亀頭から勢いよく精が迸った。

「うわっ、すごい、わっ！」

粘っこい白濁液の勢いは凄まじく、美智が驚きの声をあげている。

肉棒の下にある翠の頭を軽々と飛び越え、精液が向こう側のマットに降り注いだ。

「ああっ、ああ……こんなの……ああ……」

わずかな刺激で射精してしまった自分にショックを受けて、翠は呆然となる。

どうしてこんなに快感に喘いでしまうのか。そんな思いの中で、まんぐり返しの白い身体を震わせていた。

「翠ちゃんは、マゾの気が強いのかしらね。少しくらい無茶されてるときのほうが気持ちよさそう」

玲子がそんなことを呟き、女たちは確かにそうねと、きゃっきゃっと笑っている。

「そんな……僕は……」

女の子になれと言われたうえに、マゾの気質があるとは、あまりにひどい言い草だ。

ただ、それを頭から否定できないくらいに、女たちの思うように感じまくっているのも事実だ。

「うふふ、じゃあ、変態マゾの翠ちゃんは、こんなんじゃ満足できないよね」

自分はほんとうに淫乱なのか、どんどん女の子になっていっているのか。恐怖に震える翠に見えるように、萌はハーフパンツのポケットから電マを取り出した。

「ひっ！」

白いこけし型のヘッドがついたそれは、萌の手から少しはみ出るくらいの小型のものだ。

これも翠はアダルトビデオで見て知っていた。

「小さいけど、振動はけっこうすごいよ」

萌が胴体部分のボタンを押すと、ヘッドがモーター音と共に振動しはじめた。音が大きく翠は恐怖に身をすくませた。

「お願いです、もうやめて！　はうっ、くううう」

丸めた身体の向こうにあるマットには、翠の精液がぶちまけられている。それを他の社員に見られたりしたらと思うと、恐ろしくてたまらない。

いまでさえ、誰かがこないとも限らないのだ。

そんな思いに囚われた翠のアナルの中で、玲子の指が再び動きだした。

「ああっ、いやっ……あああっ、あうっ、もう死んじゃう！」

これでもかとばかりに腸壁越しに前立腺を責められ、激しい快感に翠は喘ぐ。

不思議なのは、腸全体が熱く痺れているような感覚があることだ。

「潮吹きは射精したばかりのときがチャンスだからね。もう少し頑張ってね」

前立腺への快感で本人の意志とは関係なしに力を取り戻しはじめた肉棒を、玲子が空いているほうの手で持ちあげた。

まんぐり返しの体勢で、肉棒が天井に向かって垂直に立てられた。そこに萌が電マのヘッドを押し当ててきた。

「はううう、いやあっ！ あああっ、あああああ」

震えるヘッドは亀頭の裏側に押し当てられている。男の性感帯である裏筋を強く震わされ、強烈な快感に翠は悲鳴をあげる。

アナルに入れられた玲子の指も大きく動き、前立腺を責めてきた。

「あああっ、こんなの、はあああん！ あああっ、ああ」

射精したばかりの亀頭を震わされる快感と、前立腺からの腸が蕩けるような痺れ。二つの感覚が身体の中で混じり合い、翠は混乱の中で昂っていく。流れる汗で濡れたレオタードに浮かんだ乳首は、痛々しいくらいに勃起していた。

「だめっ、来ちゃう！ あああっ、お願いです、あああ」

昨夜と同じように肉棒の根元の感覚がなくなっていく。膀胱が震えだして、それが丸めた身体全部に広がっていった。

「出るのね？　翠ちゃん、ちゃんと撮影してあげるわ」

電マを操る萌の反対側で翠の脚を広げている美智が、自分のスマホを手にして撮影を開始した。

「ああっ、いやあ！　撮らないでください、あああっ、あああ」

崩壊の瞬間を狙って鈍く光るレンズに、翠は泣きながら絶叫した。

「ふふふ、美少年のまんぐり返し噴水。ちゃんと記録しないなんて、もったいないわ」

歪んだ笑顔を翠に向けながら美智は言った。翠がマゾだというのなら、ここまで容赦のない彼女たちはサディストではないのか。

（ああ……僕の身体はもう、この人たちの思いどおりにされてしまうんだ……）

違約金や約束など関係無しに、肉体のすべてを玲子たちに奪われてしまう。そんな未来を翠は想像してしまうのだ。

「ああっ、もうだめっ、出ちゃう！　あああああ」

押し寄せる快感に逆らう気力も湧かず、翠は諦めの気持ちで身を任せた。

「はうっ、あああ！」

丸めた身体が大きく脈動し、形のいいお尻が波打つ。肉棒の感覚がなくなるのと同時に、白濁した薄液が勢いよく飛び出した。

「うわっ、すごい勢い！」

こんどは真上に向かって、白い潮が飛び出した。玲子と萌はそれを浴びるのもかまわずに、前立腺を揉み電マを押しつけてきた。

「許して、はあああん！」

潮流は強烈な勢いで、精液のように粘りがない分、まさに噴水のように真上に噴きあがって周りに飛び散った。

「はうっ！　ああっ、あああぁ」

開かれた腰をブルブルと震わせながら、翠は奇妙な感覚に陥っていた。

こんなポーズで自分の意志は無視され潮吹きまでさせられて、普通なら屈辱で死にたくなるはずなのに、どこか心が満たされたような思いがあるのだ。

(僕がマゾだからなのか……ううん、違う)

彼女たちに指摘された、いじめられて悦ぶ体質。この身体の芯がジーンとなるような余韻はそのせいだろうか。

性に関してほとんど知識がない翠は、戸惑うばかりだった。

「ふふ、脚がよく伸びるようになってるわよ、翠ちゃん」

いつの間にか大きく開いている、翠の白く細い脚を見て満足げに言ったあと、女たちはようやく解放してくれた。

もう立ちあがる力も残っていない翠は、そのままマットにレオタードの身体を投げ出した。

「うわ、なにここ、すごい匂い……」

目も開けられずに荒い呼吸を繰り返していた翠の耳に、聞き慣れない女性の声が入ってきた。

慌てて目を開くと、長い髪をカールした三十歳くらいの美女が立っていた。

「い、いやっ！」

目を見開いた翠は慌てて身体を起こすと、白のレオタードが食い込んだ身体を彼女の視線から守るように丸くした。

「大丈夫よ、翠ちゃん。この人はうちの産業医で佐倉凛香。全部、事情は話してあるから」

かなり長身の身体をパンツルックに包んだ凛香は、白衣を着ていないせいか医者には見えない。

ただ、どこか普通のＯＬなどとは違う雰囲気をまとっていた。

「お医者さま……」

医者の彼女がなぜここに現れたのか、それもすべて事情を知っているとは、どういうことなのか。

よく理解できない翠は、恥ずかしいという気持ちも忘れて呆然とするのみだ。

「よろしくね、翠ちゃん。本業は美容整形の外科医だけど、玲子とは高校からの腐れ縁でね。会社のみんなの健康管理を任されているの」

にっこりと笑って、凜香は翠の前に膝をついた。男とわかっていて翠ちゃんと呼ぶということは、玲子からすべて聞いているのだろうか。

「ほら、ちゃんとご挨拶して。翠ちゃんは、いまなにしてるの？」

ニヤニヤと意味ありげな笑みを浮かべた玲子が言う。初対面の人の前で、翠に屈辱の言葉を宣言させるつもりなのだ。

「ほら、ちゃんと先生のほうを向いて」

以心伝心で玲子の思惑（おもわく）を察した美智が、マットに座る翠の肩を持って凜香のほうを向かせた。

「僕は……いま、女装用の下着のモデルになるための訓練をしてます。もっと女の子らしくなれるように……」

辛くてたまらないが、体液をまき散らして疲れ切った身体が気力を奪っている。

翠はもうとくに考えることなく、凜香に向かってそう口にした。

「可愛いわね、翠ちゃん。でも女の子になるのなら、僕って言うのはやめて、私にしたほうがいいよ。なにごとも気持ちからってね」

軽くウインクをして凜香が言うと、玲子たちがそれもそうねと盛りあがる。

「じゃあ、翠ちゃん。あなたが可愛らしい女の子になるために必要なお注射をするわ」

呆然となったままの翠に凜香はそう言うと、自分のバッグから注射器と薬を取り出した。

「えっ、そんな、いやっ！」

注射器の針を見た瞬間、翠は後ずさりする。得体のしれない薬を投与される恐怖に顔が引き攣った。

「女性ホルモンのお薬よ。毒とか麻薬じゃないから心配いらないわ」

顔面蒼白の翠の腕を後ろから持った美智が、凜香のほうに向かって肘を伸ばさせてきた。

「お肌が綺麗になったり、身体に丸みが出たりするのよ。男の子が女になるには、絶対に投与しないとね」

「ああ、怖い……」

なよなよと首を振る翠を見つめながら、凜香は笑顔を見せた。

その瞳が妖しげに輝いていて、翠は彼女もまた玲子たちと同じ種類の人間だと感じ取っていた。

「さあ、いくわよ。力抜いてね」

「あっ！」

もう抵抗したり逃げようとしても無駄なことをわかっている翠は、されるがままに注射を受け入れ、白いレオタードからだらりとした肉棒をはみ出させている身体を引き攣らせた。

第四章　背徳の牝イキ調教

翠がMM社に入社してから二週間ほどが経っていた。

（あ……いや……ちょっと……）

今日も翠は電車に乗っ会社へと向かっている。以前に身に着けていた服も下着もすべて没収され、今日も可愛らしいTシャツにショートパンツという、女の子そのものの姿だった。

「い……いや……」

女性ホルモンの注射は定期的に受けていて、すらりとした細い脚も艶やかになって、さらに女性ぽくなっているように見える。

顔も丸くなってきてまさに美少女にしか見えない翠が、満員状態に近い電車に乗っていると、ショートパンツのお尻のあたりになにかが触れた。

（いや……また……）

人が多い電車に乗ると毎日のように痴漢が現れる。翠は見た目にも気が弱いところが出ているのか、常に標的にされていた。

（いや……助けて……く……）

少し離れた場所に萌が立っているが、彼女はこちらを見て微笑んでいるだけだ。

どうやら翠が痴漢に身悶えている姿の見るのが楽しいようで、なぜ助けてくれないのかと聞いたら、痴漢を捕まえるということは、駅員さんに翠ちゃんが男だっていうことを知られちゃうよ、と脅してきた。

「ひ、ひあっ」

可愛らしい顔立ちからは感じ取れないが、萌もかなりのサディストではないかと考えていると、ショートパンツの下から男の指が入り込んできた。

（うっ、嘘……）

少し後ろを振り返ると痴漢は自分の顔を新聞で隠しながら、空いている手で翠のヒップの下のほうをまさぐっている。

女性ホルモンの効果で柔らかさを増している、尻たぶを指先でこねている。

（やっ、やめて、あ、それ以上は……）

調子にのった痴漢の指が、さらにパンティの股布の部分にまで入ってきた。

布越しだが、アナルを揉まれている。その先には翠の男の部分である玉袋がある。

「あっ、あく、いや……」

そこに触れられると、男だと気づかれ罵声を浴びせられるかもしれない。大勢の人の前でそんな屈辱は避けたいが、身体がすくんでしまっていて腰をよじらせるのが精一杯だ。

(いやっ、そこばかり……)

パンティの股布越しではあるが、痴漢の指がずっと肛肉を押している。

するとそこから熱さを伴った痺れが広がり、さらに翠の力を奪うのだ。

「あ、くうう、うう」

翠のアナルは毎日開発されつづけ、完全に性感帯と化している。望まぬ痴漢の指にすら心地良さを覚えてしまうのだ。

(ああ……許して……)

ショートパンツから伸びた、すらりとした白い脚もずっと内股気味によじれている。

つり革を持つ翠は頬をピンクに染めたまま、薄い色の口紅がひかれた唇から湿った息を漏らすのだ。

（僕のお尻……もう性器になっちゃったの？）

快感を否定できないくらいに身体が熱い。ついには頭までぼんやりとしてきた翠の脳裏に、昨日玲子から言われた言葉が蘇る。

『もうすぐよ、翠ちゃん。もう少しであなたは、新しいステージにのぼれるわ』

マゾ的な快楽に男の潮吹き、そして前立腺を腸壁越しに揉まれる快美感。まだこれ以上の快感が、自分の中に眠っているというのか。そう考えると翠は恐怖にすくむのと同時に、胸の奥から奇妙な感情が湧きあがるのだ。

「あっ、くうう、いやっ、あうっ」

それは、さらなる色地獄に堕ちることを期待するような昂りだ。

そして肉体のほうも反応し、アナルが疼き肉棒が硬化していくのだった。

（いやっ、お願い……うう……）

痴漢に責められている肛肉も熱く痺れていく。前もこれ以上大きくなってしまったら、女装用に股間が目立たなく作られたパンティでも抑えきれないかもしれない。

「いっ、いやっ……」

身体を震わせるだけの翠に、痴漢は指をパンティの中に入れてきた。男の太い指が直接肛肉に触れ、翠は背中を引き攣らせた。

（このままじゃ、僕、この痴漢に……）

イカされてしまう。それも電車の中でと思ったとき、車内にMM社の最寄り駅に到着するというアナウンスが流れた。

「す、すみません……降ります」

力を振り絞って翠がそう言うと、痴漢の指がさっと引かれた。

ほっとする思いとアナルの疼きを抱えながら、翠は真っ赤に染まった顔を伏せて電車を降りた。

「そうなのよ、翠ちゃん、痴漢されて感じてたんじゃないかな？」

朝の通勤時、翠が痴漢に責められる一部始終を見ていた萌が、美智と樹里、そして社長の玲子に言った。

「あっ、ああ……そんな僕は……」

痴漢なんかにあって感じている。しかも翠は男だ。同性に嬲られて快感を得ていたなど、ありえないと言いたい。

だがあのとき確かに、自分は徐々に侵入してくる指に身を任せていた。めざとい萌は、そんなことはお見通しだったのだろう。

「いけない子ね。それに、僕って言ったらだめって教えたでしょ！」

恥ずかしさに視線を伏せる翠のお尻を、樹里がピシャリと叩いた。

「ひあっ、は、はい、あああ……」

就業後の夜、翠は寮の最上階にある玲子の自宅に来ていて、広いリビングに敷かれた分厚い絨毯の上で膝立ちになっていた。

身体にはなにも身に着けておらず、女性ホルモンの影響で丸みが強くなったお尻や太腿、そして肉棒も全部剝き出しだ。

「あああん、ああっ！　だめ、ああ、私、ああっ！」

玲子以外の三人が翠の身体にまとわりついている。彼女たちは色とりどりのブラジャーとパンティに身体を包み、翠のさまざまな場所を責めている。

「おっぱいも、けっこうはっきりとしてきたわね。Bカップくらいはあるかしら」

翠の横から手を伸ばした美智が、色が抜けるように白い柔肉を優しく揉んできた。

「ああっ、見ないで……あああん、ああ」

首筋や脇に彼女たちの舌が這い回り、肉棒の竿の部分をしごく。そして常にアナルの中にも指が入っているので、甘い快感が絶えることがない。

視界も少し霞む中で、翠は自分の胸を見下ろして悲しい気持ちになるのだ。

（女の子の胸にしか見えない……）

もともと翠は筋肉があまりないので胸板が薄かったのだが、そこに急激に脂肪がついて見事に丸い乳房が膨らんでいるのだ。

これは女性ホルモンの注射をした効果らしいが、乳首のほうも色はピンクを保ったまま粒が大きくなっていた。

「おチ×チンがついた女の子って感じね。すごくエッチ……」

ピンクのブラジャーとパンティ姿の萌が少し興奮気味に言って、翠の肉棒の根元を握ってきた。

「くっ、くうう、違います……ああ」

女になる修行をさせられている身とはいえ、心ではそれを否定したい。

ただ、鏡に映った自分の女性化していく肉体を見ると、そんな心も揺らいでしまうのだった。

「そうかな？　翠ちゃんって、おチ×チンよりアナルのほうが感じてるじゃん。棒より穴のほうがいいのは、女になった証拠よ」

戸惑いの中にいる美少年をネチネチ言葉でいたぶりながら、美智がアナルに入れている指を大きくピストンしてきた。

「はっ、はううん！ そんな、ああっ、ああああん！」

指は二本入っているので肛肉はかなり拡張されていて、翠は背中を大きくのけぞらせてよがり泣いた。

「あああっ、お尻、あああん！ 私、あああっ、あああ」

美智の言葉どおり、翠は肛門という穴や直腸で激しく感じてしまう。そして気持ちよくなればなるほど、自分の性が曖昧になっていくのだ。

「ふふ、広告を見たクライアントも驚いてたわよ。これほんとうに男の子なのって」

黒のブラジャーとパンティ姿で翠の脇を舐め、乳房と乳首をねっとりと弄んでいる樹里が囁いてきた。

翠は本格的に女装用下着のモデルを始めていて、宣伝用のカタログも完成していた。

「ああん、そんなの……ああっ、はあああん！」

フリルがついた可愛らしいブラジャーとパンティを身に着けた自分の写真を、見ず知らずの人々に閲覧されている。

それを想像するとこんどはマゾの性感が昂り、翠の細い身体がさらに燃えさかっていくのだ。

「きっと、あなたにとっておチ×チンは使うものじゃなくて、舐めるものになるわ」

そんな恐ろしいことを口にした樹里は、男根の形を模したバイブを取り出して翠の唇の中に突っ込んできた。

「ふぐ、んんん、んく」

柔らかいプラスティック製のそれが口内に入ると、翠は反射的に舌を這わせて、しゃぶってしまう。

バイブによるフェラチオも、女性の気持ちを知るためだと毎日にように練習させられていた。

「あらあら、おチ×チンしゃぶりだしたら、お尻の中がキュッと締まってきたわ」

翠のアナルをいじっている美智が、腕まで動かして大きくピストンしてきた。

「んん、んくうううう、んんんんん」

鼻から荒い息を吐きながら、翠はアナルや乳首の快感と、喉奥までバイブで塞がれ支配される被虐感に酔いしれていた。

硬く勃起した肉棒がビクビクと脈打って、先端からヨダレを垂れ流している感覚だけが、自分が男であるとギリギリ踏みとどまらせてくれているように思えた。

「いい感じに仕上がってきたわね。今日は私とセックスしてもらおうかしら？」

三人の女たちに囲まれて快感と被虐感に溺れていく翠の前に、しばらく姿を消していた玲子が現れた。

彼女は黒のレザーでできたボディスーツを着用していて、いつも以上にサディスティックな雰囲気を醸し出している。

「ふぐ、んんん……んく……」

SMの女王様という言葉がぴったりな玲子の股間にあるものを見て、翠は大きな瞳をさらに見開いた。

口の中にバイブがあるので声はあげられないが、禍々しさに顔が引き攣る。

「うふふ、今日はこれで翠ちゃんを悦ばせてあげようと思って」

肩紐がないレザースーツの上側から巨乳をはみ出させた玲子の股間には、男根そのものの形をしたディルドウが反り返っていた。

光沢のある黒のプラスティック素材で、亀頭もエラが張り出してやけにリアルだ。

「準備万端ですよ。いよいよ初体験ね、翠ちゃん」

膝立ちの身体を震わせる美少年の後ろにいる美智が、あらためてプリプリとしたお尻を摑み直し、アナルに入れた二本の指をピストンさせてきた。

「ふぐ、くううう、んんんん」

口にバイブが突き刺さったショートカットの頭をのけぞらせ、翠は快感にのたうつ。

同時に乳首も強く摘まれ、上半身から肉棒の根元にまで電気が走った。

(初体験?)

美智の言葉の意味は、いくら性的に幼い翠でも察しがついた。だが恐ろしくて想像したくはなかった。

「さあ、翠ちゃん。あなたを女にしてくれるおチ×チンよ。お口でご挨拶して」

玲子はそう言って膝立ちの翠の前に歩み出る。それを見て樹里が口の中にあったバイブを抜き去った。

「ああ……そんなの……」

黒のディルドウが翠の鼻先に突き出される。オモチャなのはわかっているが、人間の股間から伸びている分、遥かに生々しい。

なにより、さきほどのバイブより二回りは大きなサイズが、翠をすくませていた。

「ちゃんと教えてきたでしょ。ほら、始めて!」

一番厳しい樹里が翠の後頭部を手で前に押す。その様子をレザースーツの玲子が、冷たい瞳で静かに見下ろしていた。

「あ……あふ……んんんんん」

逆らっても無駄だという諦めの気持ちに支配された翠は、小さな唇の間からピンクの舌を出して舐めはじめた。

視線を感じて目を上にやると、玲子が妖しい笑みを浮かべたまま見下ろしている。

「んん……んく……んんん」

彼女の冷酷な雰囲気に魅入られながら、翠はディルドウを呑み込んでいった。

（大きい……硬い……）

口の中を巨大なものがみっちりと埋めつくし、顎が開きすぎて苦しい。

だがいまの翠は、その感覚が恐怖を打ち消してくれるような思いで、亀頭のエラがやたらを大きなディルドウに奉仕していくのだ。

「こっちのおチ×チンもギンギン！」

萌が横から翠の股間に手を伸ばして、肉棒の根元あたりを軽くしごいてきた。

「ふぐ、ぐううう、んんんん」

待ちわびていた感じのするそこへの刺激に、翠は腰をよじらせて鼻を鳴らす。

同時に亀頭に触れてもらえない焦燥感にも襲われ、ますます悩乱していった。

「あらら、アナルも締まってきたわ」

樹里が翠の直腸の中にある二本指を鉤型に曲げて、軽く前立腺を押しはじめた。

こちらも動きが軽めで、それほど快感が強いわけではない。

「んんん……んく……んんんんん」

前も後ろももっと強く刺激してほしいと、身体が勝手にくねりだす。

こんなにも淫らな自分が情けなく、翠は大きな瞳に涙を浮かべていた。

「とってもエッチよ、翠ちゃん。もう立派な変態の淫乱ね、あなたは」

樹里がそう言いながら翠の乳首をこね、首筋にキスの雨を降らせてきた。

(もう……どうにでも言って……ああ……もっと)

変態でもなんでもいいから狂わされたい、ひと思いにとどめを刺されたいと翠は思いながら、目の前の疑似肉棒にしゃぶりついていく。

強い快感を与えないことが女たちの作戦であることにも気づかずに、細身の胸板に乳房が浮かんだ身体を燃やしていくのだ。

「そろそろ、ようさそうね。始めようか」

アナルの中で指が軽く前立腺を刺激し、肉棒は根元しか擦ってもらえない。

いつものような強い快感が欲しいと燃えあがる翠を見て玲子がそう言うと、いっせいに女たちの手が引かれた。

「あっ、ああ……」

同時に玲子も股間のディルドウを翠の口の中から引き抜き、翠は大きな息を吐いて頭を落とした。

呼吸が取り戻せてほっとする思いと、疼きつづける怒張やアナル。さまざまな思いが頭の中で混ざりあい、翠は言葉を発する気力も持てなかった。

「さあ、四つん這いになって」

身体に力など入らない翠を、女たちが肩や脚を摑んで犬のようなポーズにさせる。さらに丸くなった白いヒップが後ろに突き出され、すっかり緩んで濡れ輝くアナルが剝き出しにされた。

「ああ……私……怖いです」

玲子がゆっくりと歩いて、絨毯に膝と手を置いた翠の後ろにまわった。

レザースーツの股間で反り返っている黒い角が自分の中に入ってこようとしているのはわかり、翠は声を震わせた。

「いやじゃなくて、怖いなのね。いい傾向よ」

すがるような目を後ろに向けているものの強くは拒絶しない翠に、樹里が嬉しそうに笑った。

「そうね。もう女の子として犯される覚悟は、できているってことかしら?」

「早くお尻を犯してもらって、処女喪失したいって思ってるかもしれませんよ」

舌なめずりして翠のヒップを撫でた玲子に、横から美智が言った。

「翠ちゃんのお尻の穴、完全にエッチな穴になってたし、早く突っ込んで掻き回してほしいんでしょ？」

さらに翠の顔を覗き込んで美智が続けると、女たちがいっせいになにそれ下品と、大声で笑った。

「そんな……私は……あああ……」

美智の焦らすような指責めで、いまも前立腺を疼かせている翠は、なにも言い返せずに頭を落とすばかりだ。

いつしか自分のことを私と呼ぶのにも違和感がなくなっていて、身体だけでなく心のほうも女性化しているのかもしれなかった。

「さあ、いくわよ」

あらためて翠の桃尻を摑んだ玲子が、黒レザーの身体を前に押し出してきた。

同時に肛肉が大きく拡張されはじめる。

「あああっ、はあああん！　あああああ」

指二本とは比べものにならない大きさのディルドウによってすぼまりを引き裂かれ、翠は四つん這いの身体を震わせて声をあげる。

肛門というのはこんなに開くものかと思うくらいに広げられているが、連日の調教の成果か痛みはまったく感じない。

「ああぁっ、くうう、あっ、いやっ、うううう……」

ただ、圧迫感がすごくて、翠は歯を食いしばって頭を振っていた。

狭い直腸の中をプラスティックの塊が埋めつくしながら、奥に向かって進んでくるのだ。

(どうして……この満たされる感じ……)

痛みがないことも影響しているのかもしれないが、身体の穴を塞がれていくこの過程に翠は満足感を覚えていた。

これは女性が膣に挿入されるときと同じ思いなのか。そんな考えに翠は支配されていくのだ。

「ああぁっ、奥まで、はあああん！ああぁっ」

当然ながらディルドウは彼女たちの指より遥かに長く造られているので、腸の奥深くにまで侵入してくる。

まさに触れようとしても触れられない、身体の奥地に異物が入ってきていた。

「ああぁっ、ああぁっ、私……ああん、ああぁっ！」

そして翠は自分が完全に女になった、そんな気持ちで喘ぐのだ。形のいい白いヒップを震わせ、できたばかりの手のひらサイズの乳房を四つん這いの身体の下で揺らしながら。

（もう男の子には、きっと戻れない……）

腸の奥をプラスティックの亀頭が擦ると、甘い快感が背骨に走る。そんな身体になってしまった自分は、もう元の身体には戻れない。翠は悲しくて涙を流すが、同時に胸が禁断の昂りに燃えあがった。

「ああぁっ、すごい、ああっ、はあああん！」

毛が長い高級絨毯を両手で握りながら、翠は頭を高くあげてよがり狂う。諦めの思いが強くなるほど、快感が激しくなっていた。

「あらあら、泣くくらい気持ちいいのかしら？　まだ入っただけなのに」

そんな翠の様子を見て樹里が乾いた笑いを見せる。彼女たちは翠の心の中を見られるわけではないから正確ではないが、そう外れてもいないように思う。

「ほら、もう全部入ったわ。動くわよ……」

翠が身も心も燃えあがっているのが玲子にも伝わっているのか、ディルドウを根元まで押し込んだのと同時に腰を使いはじめた。

「ああっ、玲子さん……これ、ああっ、ああ」

ディルドウが引かれたさいに張り出したエラの部分が腸壁を擦り、突かれたら奥深くまで抉られる。

結果、翠は絶え間ない快感に翻弄され、四つん這いの身体をピンクに染めてよがり泣くのだ。

「どう？　翠ちゃん、私のおチ×チン気持ちいい？」

黒レザーのボディスーツに包まれた身体を大きく使い、玲子は激しくディルドウをピストンさせ興奮気味に叫んだ。

「ああん、いい！　ああ、気持ちいいですう、あああ」

愉悦の極致（きょくち）にある翠は、彼女の言葉に煽（あお）られるように淫らな雄叫びをあげていた。

お尻の穴の快感を認めてはいけないという思いもまだ心の片隅にはあるが、翠はそれを意識するのをやめていた。

（ああ……アナルも熱い……）

腸の中だけではなく、ピストンによって高速で開閉を繰り返されるアナルもまた、たまらない。

女性でもアナルセックスを楽しむ人がいると聞いたことくらいはあるが、その女たちもいまの翠のような気持ちなのだろうか。

「翠ちゃんが、私のおチ×チンでたくさん感じてくれて嬉しいわ。でも本番はこれからなのよ」

完全に悩乱している翠にそう言って、玲子はディルドウをゆっくりと抜いた。

「あ……ああ……」

同時に肩を支えていた美智たちの手も離され、翠は絨毯の上に崩れ落ちた。

快感が消えていき、息苦しさから解放されて安堵する思いと、中途半端に放置された肉体が疼く感覚の両方があった。

「こんどは、こちらから」

玲子は汗に濡れた美少年の身体を仰向けにして、細い両脚を抱えてきた。

そして正常位の体位で、再びディルドウをアナルに挿入してくる。

「あっ、あああっ、玲子さん！　ああっ、あああん」

再び肛肉から湧きあがってきた快感に、翠は甘い声を漏らした。

息が整うまでまってくれという気力すら湧かず、身を任せてしまっていた。

「翠ちゃん、いまから自分のおチ×チンに注目していなさい、いいわね」

緩んだままの翠のアナルにディルドウを呑み込ませたあと、玲子は指で軽く翠の肉棒を弾いてきた。

「はっ、はああん！　だめっ、ああ」

責められているのはアナルなのに肉棒はずっとギンギンにいきり立っていて、軽い刺激を受けただけで危うく射精しそうになった。

「いくわよ……」

意味ありげなセリフを口にしたあと、玲子はゆっくりと腰を前に押し出していく。

さっき四つん這いで挿入されたときの激しさとは正反対だ。

「あっ、あうっ、くうう……玲子さん、あああ」

腸内にあるディルドウは小刻みに、まるでなにかを探すように前後している。

亀頭が腸壁をまさぐるように動いて弱めの快感が湧きあがり、翠は中途半端な感じに焦らされていた。

「もう少しよ……ここかしら？」

無機質なディルドウに感覚があるかのように操る玲子が、なにかに気がついたように斜め上に向かって腰を突きあげた。

「ひっ、ひあっ！　そこは、あああ、あああ」

膀胱側の腸壁に強く食い込んだ亀頭部が捉えたのは、翠の前立腺だった。

電流のように身体の前側を突き抜けた快感に、翠は乳首まで痺れさせながら大きく背中をのけぞらせる。

「わあ！　すごい声ね」

強い反応を見せた美少年に、美智や萌が声をあげて笑いだす。彼女たちは翠の仰向けの身体が動かないように、白い両脚を左右から押さえ込んできた。

「うう、あっ、ああ……」

裏返されたカエルのようなポーズを取らされた翠だったが、もう恥じらっている余裕などなかった。

腸壁と前立腺がまだジンジンと痺れている感覚で、言葉もうまく出なかった。

「ほら、おチ×チンから目を逸らしちゃだめよ」

樹里がさっきまでの厳しい感じとは打って変わった優しい口調で、翠の頭を両手で持ちあげてきた。

仰向けの状態で首だけを起こしたので、猛々（たけだけ）しく勃起している肉棒が目に入る。

ただ、その間にある、膨らみはじめといった感じの白い乳房の存在が悲しかった。

「うふふ、とってもいい顔よ、翠ちゃん」

三人の女に取り囲まれた状態で脚を開いている美少年のアナルに向かい、黒いディルドウがピストンを開始した。

「ああっ、そこばかり……ああっ、あああ！」

玲子が操る先端がリズムよく腸壁に突き立てられ、前立腺を歪める。

セピア色の肛肉も勢いよく開閉していて、翠は入口と奥の二つの快感によがり泣いていた。

（女の人がするときって、こんな感じなのだろうか……）

男として暮らしていたままだったら味わうことのなかった性感の中で、いまの自分は膣を肉棒で突かれている女性と、なんら変わりがないのではと感じていた。

そして女性の快感は男のそれよりも遥かに強いと聞いた。肉棒で射精するよりも何倍もエクスタシーを得られると。

（そんなの、怖い……）

リズミカルに玲子が腰を振り、ディルドウの先端が前立腺を歪めつづける。

どんどん強くなっていく肉棒とは異質の快感が、自分をとんでもない場所までつれていくのではないか、翠はそんな気がした。

「ああっ、もう許してください！　あっ……」

サディスティックな笑みを浮かべて、こちらを見下ろしている玲子の瞳に魅入られていた翠は、よがりながらふと目線を自分の股間にもっていって絶句した。

驚くことにさっきまで硬く勃起していた肉棒が、だらりと萎えてきているのだ。

「そんな、あっ、ああ……あああ」

前立腺からの快感はさらに激しくなっていて、唇を閉じることができないくらいに喘いでいるというのに、肉棒は見ている間にどんどん頭を垂れてきている。

熱く燃えさかっている身体と力を失っていく股間のモノとの違和感に、翠は混乱していた。

「これでいいのよ、翠ちゃん。いよいよあなたが、女の子としてイク瞬間が近づいているのよ！」

玲子はこうなることを予測していたのか、さらに腰を振るスピードをあげてきた。

「そ、そんな、あああっ、このままイクって……あああっ」

ディルドウの先端が前立腺をこれでもかと突いていて、翠は呼吸も辛いくらいに感じている。

この先に、動画で見たアダルトビデオの女優がイキ果てるような瞬間が待っているというのか。

「そんな、ああああん！　もう許して……ああ」

そんなものは知りたくないと恐怖する反面、期待感に胸の奥が締めつけられるのだ。

「すごくヨダレが出てるわよ、翠ちゃん」

そう言った萌が指差しているのは翠の唇ではない。完全に力を失っている肉棒の先端から、透明の液体が滴り落ちているのだ。

「はあああん、ぼ、僕の身体……あああん、どうなるの？　あああ」

彼女たちに思うさま開発された肉体が、もう戻れないところまで行こうとしている。

翠はそれが怖くて、大きな瞳から涙をこぼすのだ。

「僕って言ったらだめって、教えたでしょ！」

反射的に口にした翠の言葉に樹里が怒りを露にして、乳首を摘まみあげた。

「あああっ！　はい、あああん、私……あああっ、怖いの、あああ」

こんな状況でも翠は彼女たちの命令に反応して女言葉を使い、身体のほうも乳首の快感に背中がのけぞっている。

身体は禁断の快感に、心はマゾの性感に燃え堕ちていくのだ。

「怖がる必要なんてないわ。そのまま力を抜いて、じっと身を任せなさい」

こちらは優しい言葉をかけながら、玲子がリズミカルに腰を動かしつづける。

ディルドウのピストンはずっと同じ調子で、腸壁越しに前立腺を責めつづけていた。

「ああん、私、あああっ、あああ、なにか来る！　あああ」

前立腺への刺激の力は同じなのに、快感はどんどん大きくなっていく。

それは肉棒の後ろで膨れあがり、頭のほうに向かって押し寄せてくる感じだった。

「あああっ、私、あああっ、なにこれ！　あああっ、ああ」

それをはっきりと自覚した翠は、ふと自分の肉棒を見る。先ほどよりも尿道口から出ている粘液の量が増えていて透明な糸が引かれていた。

肉棒自体もさらに萎えていて、柔らかくなって曲がった状態で粘液を垂れ流しているという異様な姿を晒していた。

「あああっ、いやああ！　ああっ、あああああっ」

翠は辛くてたまらず、悲鳴のような声をあげて頭を何度も振った。

ただ、快感はさらに強くなり、自然と背中がのけぞっていく。玲子はそんな翠の股間に変わらないペースで、ディルドウを突きつづける。

「あああああっ、あああっ、私！　あああっ、はうっ、あああああ！」

膨らんだ快感が大波のように翠の全身を駆け巡る。同時に頭の中でなにかが弾けるような感覚があり、仰向けの身体がさらに弓なりになってお尻が浮かんだ。

「はうっ、あああっ、あああああ！」

翠の意識の外で全身が激しい痙攣を起こし、浮かんだ腰がガクガクと上下に揺れ、開かれている白い脚も波を打って震えていた。

(な、なにこれ?)

快感の強さは射精よりも上で、身体中が発作に歓喜している。

心のほうも、甘く満たされていくような感覚があった。

「あああっ、あああっ、すごい! ああっ、あああああん!」

そしてその発作は断続的に何度も襲いかかり、翠はそのたびに浮かせた腰を大きく上下に揺すって、割れた唇の間から白い歯を覗かせながら絶叫した。

もう考えるとかそんな余裕もないが、これが明らかに性の絶頂であることだけは理解していた。

霞む視界の中に入っている肉棒はヨダレを流すだけで、射精の動きはゼロなのに。

「あ……あふ……あああ……」

身体がバラバラになるかと思うような激しい絶頂も永遠に続くわけではなく、やがて収まっていった。

ただ、身体全体がジーンと痺れていて、萌と美智に押さえられている両脚もずっとビクビクと震えつづけていた。

「メスイキしちゃったね、翠ちゃん」

まだ夢の中にいるような気がしている翠の虚ろな顔を覗き込んで、萌が言った。

「メ、メスイキ？」

まったく聞いたことがない言葉に、翠はぼんやりと返した。お腹の奥がズキズキとしていて思考がうまく回らない。

「男の子が女のようにイッちゃうから、メスイキ。正確には、ドライエクスタシーっていうのよ」

翠の頭を支えている樹里がフォローした。ということは、翠はいま女の絶頂を味わったというのか。

確かに射精よりも長く、そして激しい快感だったように思う。

「ああ……女の子……そんな……」

最初に玲子から言われた、女でも男でもない存在。そこに自分がさらに近づいた気がして翠は悲しかった。

目を開ければ、肉棒はあるのに胸は膨らんでいるという身体が見える。

自分の意志を裏切って彼女たちの思うさま快感に溺れていく身体は、どこにいこうとしているのか。翠は恐怖と悲しみに涙するのだ。

「どうだった？　女のエクスタシーは、なかなかのものだったでしょ？」

大きな瞳を涙に濡らす翠を見下ろしている玲子が、再び腰を使いはじめた。

「あっ、あああ、これ以上……なにを、あっ、いやっ、あああ」

ディルドウは中に入ったままだったので、玲子がレザースーツの身体を動かすと、まだ熱さの残るアナルが大きな開閉を見せる。

再び湧きあがる快感に翠は戸惑いながら、淫靡な笑みを浮かべる女社長を見た。

「ドライエクスタシーは、射精と違って何度でもイケるのよ。女の絶頂と同じね」

また翠をイカせようというのか。恐ろしいことを口にしながら、玲子は徐々にピストンのスピードをあげはじめた。

「あっ、ああっ、いやっ、もう許してください！　ああっ、無理です、ああ」

黒髪がまた少し伸びたショートカットの頭を、翠は激しく横に振って訴える。

ただ、ディルドウの亀頭部から張り出したエラが腸壁を擦り、先端が前立腺を突きはじめると、あっという間に快感に溺れていくのだ。

（どうして、こんなに……）

初めてのメスイキで身も心もクタクタになっているはずなのに、驚く位に前立腺が反応している。

快感もさきほどより強くなっている気がした。

「ああぁっ、はあぁん、お願いです！　ああっ、あああ」

翠は怖くてたまらないが、それがまた絶頂に追いあげられることに対してなのか、それともどんどん淫らに成長していく自分の肉体が恐ろしいのか、もうわからない。

「ああぁっ、いやあっ！　あああ、あああ」

ただ、はっきりとしているのは前立腺の快感だ。肉棒の根元が蕩けるような感覚に、翠は小さな唇を開いてよがり泣いた。

「ああ、はあん！　ああぁっ、あああっ」

仰向けの細く白い身体が激しくよじれ、ぷっくりとしている乳房が小刻みに揺れる。

セピア色のアナルが大きな開閉を繰り返す中で、開かれた内腿がビクビクと大きな波を打っていた。

「あああ、また、いやっ！　あああぁっ、私、あああっ、はあん！」

そして前立腺からの甘い痺れがさらに激しくなって、翠のすべてを蕩けさせていく。

目も虚ろでなにも考えられない状態なのに、アナルと腸壁、そしてその向こう側にある前立腺の感覚だけははっきりとしていた。

「翠ちゃん、イキなさい！　何度でも」

レザースーツに包まれた腰を激しく動かして、玲子も息を激しくしている。

彼女の表情は快感を得ているわけでもないのに興奮している感じで、その妖しく輝く瞳に翠の心は吸い込まれていった。

「あああっ、僕……あああっ、はあああん、イク！　メスイキしちゃう！」

本能的に僕と叫んだ翠は、仰向けの身体をのけぞらせリビングに大声を響かせた。

「私よ、翠ちゃん。私イクっていいながら、イキなさい！」

優しげな口調で樹里が、翠の指に自分の指を絡ませるようにして握ってきた。

「あああ、イク！　あああっ、私、イッちゃう！　あああ」

彼女の手の温もりに奇妙な安心を感じながら、翠は前立腺から大きな波となった快感に身を任せた。

「イックうううううう！」

外まで聞こえるのではないかと思うような絶叫を響かせ、翠は女性のように柔らかいラインになった白い身体を激しくのたうたせた。

第五章　悦楽の肛肉貫通

「すごくいいよ、翠ちゃん。最高だ！」

ＭＭ社にある社内スタジオ、そこで翠は新シリーズとして発売されることになった、男の娘用のブラジャーとパンティを身に着けてポーズをとっていた。

ブラカップの中にある大きめのパッドに押しあげられ、Ｅカップくらいの膨らみはあるように見える胸元。

フリルがついた可愛らしいデザインのピンクのパンティは、肉棒の存在を忘れさせるくらいにすっきりとしていた。

「もう少し脚を開いて、目線こっち！」

眩（まばゆ）いフラッシュが焚かれ女性ホルモンの注射の効果か、さらに女らしいラインになった肢体（したい）が写し撮られていく。

鈍く光るレンズに翠は吸い込まれていくような気持ちになり、カメラマンの指示どおりに、怯えの色など消えてしまった大きな瞳を向けた。

（男の人に撮られてる……）

いつもと違うのは、カメラマンが男性であることだ。いままでは樹里たちが撮るか、若い女性だった。

女性用の衣装や下着を身に着けた、どう見ても美少女にしか見えない男の子。

先行してMM社のサイトに掲載された翠は一部で注目を集め、それが徐々に広がりを見せはじめていた。

「背中を見せて、肩越しに目線をちょうだい」

そして今日、MM社のカタログや広告の写真を撮影している有名カメラマンとタッグを組むことになったのだ。

「こうですか……？」

最近、翠は撮られることに奇妙な興奮を覚えるようになっていた。最初は女物にしか見えないブラジャーとパンティ姿を画像に収められることに抵抗が強かったのだが、それもいまは霧散している。

真っ白な艶やかな背中、小さめのピンクの生地が食い込んだ可愛らしいヒップを向けて、顔だけを後ろに向ける。

「そう、いい目だ！　翠ちゃん」

男性カメラマンの藤森勇二も、翠のことはちゃんを付けて呼んでいる。

（私は女の子なんだし……）

メスイキを得たあと、玲子たちによって連日のようにその極みに追いあげられた。

完全に前立腺は、翠の中で一番の性感帯となっているのだが、その中で身体の見た目や心にも大きな変化が現れていた。

「その辺の女性モデルよりも綺麗なラインだよ、最高だ！」

細身の腰周りが優美なカーブを描く翠のバックショットを褒めながら、藤森はシャッターを切りつづける。

見た目のほうは、さらに女性化していた。

『メスイキを覚えてから、仕草まで女の子っぽくなってきてるわね』

翠の何気ない動きが女の子そのものになっていると、萌があるときぼそりと言った。

それは裸のときではなく、普通に会社でランチをしていたさいに言われたので、翠は少しショックを受けた。

「よし、こんどは前を向いて少しかがんで」

確かに鏡で自分の身体を見ても、股間に肉棒がある以外は女の子のように思える。

乳房はさらに大きくなり、ピンク色の乳首も乳輪が少し広くなっていた。

（あ……男の人の汗の香り……）

照明用のライトの熱がある中で藤森は動き回っているので、端正な顔額や白いワイシャツが大きく開いた胸元に汗が流れている。

かつて男の級友たちが発していたのと同じ汗の匂い、翠はやけにそれに惹きつけられるのだ。

（胸もすごい筋肉……）

ピンクのブラジャーとパンティの身体を少し反らして藤森と正対しながら、翠は彼の身体にも目を奪われていた。

自分を男としか認識していなかった頃は、こんな気持ちになった経験はない。

（女の子って格好いい人を見たら、みんなこんな気持ちになるのかな……）

心の変化で翠が一番自覚しているのは、性的対象が曖昧になってきていることだ。

玲子や萌が翠の前で乳房を出して歩いたりもするのだが、ドキリとはしても肉棒が反応することはないのだ。

逆にこうして男の人の身体を見ると、胸をときめかせてしまう。翠はその感情が不思議であり、そして悲しかった。

（あ……いやっ……いまはだめ……）

　そんな思いでイケメンの藤森が構えたカメラのレンズを見つめていると、アナルがずきりと疼いた。

　肉棒よりも先にアナルのほうが昂っている。萌や美智にしごかれて射精や潮吹きをすることも多いので男性機能がなくなっているわけではないが、明らかに肛肉がメインとなりつつあった。

（ああ……）

　どこまでも淫らに堕ちていく自分。翠は泣きたいくらいに悲しい一方でマゾの感情を昂らせ、背中をゾクゾクと震わせてアナルを熱くするのだ。

「はい、オッケー。翠ちゃんが魅力的だから、おじさんちょっと熱くなっちゃったよ」

　ひたすらシャッターを切りつづけていた藤森がほっと息を吐いて、カメラを下ろす。

　彼も翠も興奮状態にあったからか、ピンと張りつめていたスタジオの空気が緩んだ。

「あはは、なに言ってんの？　勇ちゃんがおじさんだなんて、まだ三十過ぎじゃん。それじゃあ、私もおばさんってことになるじゃないの」

　そのエキサイティングな撮影を見ていた玲子が、声をあげて笑った。

彼女は美智と二人で壁際に立って撮影の様子を見ていた。

「そんなこと言ってないでしょ。今日も若くて美人だよ、玲子さん」

藤森と玲子は気の置けない間柄なのか、楽しげに会話を弾ませている。

「でも、この子は最高だよ。よく見つけてきたね。男はもちろん、女の子にもない色気がある。久しぶりに夢中になったよ！」

そう言いながら、藤森はタオル生地のガウンを着て水を飲む翠を見た。

「そんな……わ、私は……」

いまの翠は、誰の前でも女として振る舞うように命じられている。

藤森に見つめられると、照れるのと同時に胸の奥が締めつけられる。それは女性のふりをしているからだと、翠は思いたかった。

「そうでしょ。翠には男でも女でもない、最も美しい存在になってほしいって思ってるの。だから、勇ちゃんも力を貸してね」

「おお、それはすごいね！　芸術に関わる人間は、みんなこの子に刺激を受けるくらいになってほしいね」

藤森はあくまで被写体として翠を褒め称(たた)えている。ただ、玲子のほうは、なんだか意味ありげな表情に見えた。

（玲子さんは、僕を一体どうしたいんだろう……）

もう玲子たちに抵抗しようなどという気持ちはなくなっている翠だが、自分がこれからどんなふうにされていくのか不安で仕方がない。

そして同時に、言いようのない興奮を覚えていて、アナルを強く疼かせるのだ。

撮影の仕事を終えて自宅である寮に戻っても、翠に休まる時間などない。

毎日のように最上階にある玲子の家に呼び出され、激しい調教を受けていた。

「ふふ、翠ちゃん、なかなかいい写真が撮れてたわよ」

明日は会社の休日である土曜日。玲子以下、萌、樹里、美智も集まって、翠は四人がかりで責められている。

広いリビングにビニールシートが敷かれていて、そこにぶちまけられた大量のローションが、女たちの身体を淫靡に光らせていた。

「あっ、あああっ、あ、ありがとうございます！　あうっ、はあああん」

翠だけは全裸、女たちはみんな髪をローションに濡れてもいいように頭の上でまとめ、お揃いの黒レザーのパンティを穿いている。

少し異様なのはその黒パンティの股間の部分に、ネジ穴を持ったプラステックの部品がついていることだ。

「ああっ、はああああん、そんなに強く……ああっ、だめっ、あああ」

ただ、翠はそんなことを考えている余裕もない。さらに伸びて耳が完全に隠れた黒髪までローションに濡らし、シートの上に仰向けになって肉棒をしごかれていた。

最近はアナルを責められることが多かったが、今日は念入りに怒張を愛撫されていて、翠は腰をヒクつかせて喘いでいた。

「おチ×チン、ビクビクしてる。翠ちゃん、かわいー。ほら、イキなさい！」

肉棒をしごく役は美智が担当していて、そこに萌が電マを持ち出してきた。

翠の拳(こぶし)よりも大きい巨大なヘッドがうなりをあげて、屹立(きつりつ)する怒張に近づいてきた。

「あ、あああっ、許して！　ああ、それをされたら……」

美智の手が下に移動して、竿の部分をしごく。ローションにまみれた身体をくねらせて訴える翠だが、快感に指の先まで痺れていて逃げることなどできなかった。

「いくよおー」

唇をぺろりと舐めて不気味な笑みを浮かべたあと、萌はヘッドを翠の亀頭の裏筋にあてがった。

「あああっ、ひあああああ、イクうううううう！」

強烈な快感とともに怒張が脈打ち、天井に向かって精液が勢いよく飛び出していく。

白い粘液が宙を舞う中、翠は腰を持ちあげてガクガクと震わせた。

「はうっ、はうっ、あああ、出る！　あああ」

もちろんだが、達したからといっても、萌は電マを離してはくれない。

絶頂に脈打つ肉棒を強く震わされる快感に息を詰まらせながら、翠は何度も射精し、自分のお腹を粘液にまみれさせていった。

「あっ、ああ……あふ……」

射精の発作が収まっても翠は唇をぼんやりと開き、大きな瞳を虚ろにしたまま身体を投げ出すように横たわっていた。

少し冷たいローションが、火照った身体に気持ちよかった。

「たくさん出したわね。最近おチ×チンでしてなかったから、溜まってたのね」

樹里が翠のお腹を真っ白に染めている精液を指で拭いとった。

「女の子になるのなら、精液の味を知っておいても損はないわよ」

彼女は指に絡みついた精液を、翠の半開きのままの唇に押し込んでいった。

「んん……んく……んんんん」

逆らう気力もない翠は、されるがままに指に舌を這わせ、自分が出した粘液を舐め取っていく。

（すごく苦い……精液ってこんな味なんだ……）

生臭い香りが口内に広がっているが、不思議と嫌悪感はない。

そして女の子になるのだからという樹里の言葉にも、抵抗は感じていなかった。

「美味しそうに舐めてるわ。これなら、本物のおチ×チンしゃぶるのも安心ね」

自分の精液を舐めさせられるという禁断の行為にマゾの炎を燃やす翠を見て、萌が声を弾ませた。

「ほ、本物って……男の人の？」

ただ、この言葉に翠は引っかかった。自分のこんな姿を知っているのは目の前にいる四人の女たちだけのはずで、本物の肉棒があるわけがないからだ。

「こら、おしゃべりね、萌は。まあでもいいか、いずれはわかることだし」

部下をたしなめた玲子は意味ありげな笑みを浮かべて、ローションに濡れた身体を横たえたまま、唇に自分の精液をまとわりつかせている翠を見た。

「ねえ、翠ちゃん。女の子として、本物の男の人に抱かれてみたいと思わない？」

その不気味な笑顔の玲子は、とんでもないことを口にした。

「えっ？」

本物の男とセックスをするという意味だろうか。あまりにショックで、翠はすぐに理解ができなかった。

「あら、もうわかるでしょ。男の人のおチ×チンをここに入れてもらって、翠ちゃんを気持ちよくしてもらうのよ」

混乱しきって目を泳がせる翠の、最近ぷっくりと膨らんできたアナルに美智が指を入れてきた。

「そ、そんな入りません……む、無理です」

確かに太めのバイブを何度もアナルに挿入され、前立腺を責められたら快感に身悶えて、亀頭からヨダレを流してドライエクスタシーに達するようにもなった。

だが本物の肉棒が入ると聞くと、怖くて仕方がない。

「うふふ、翠ちゃん気がついてる？　あなた、おチ×チンを入れられるのは怖いけど、男の人に抱かれるのは拒否しないのね」

巨乳をローションで濡らす玲子の言葉に、翠もはっとなった。

肉棒をアナルに入れられるのは怖いと思ったが、男の下にいる自分は無意識に受け入れていた。

「あれ、アナルがキュンキュンしているわよ、どうしたの？」

自分の心はそこまで女性化しているのか。怯える翠だったが肉体は正反対の反応を見せている。

　腰全体が熱くなり、アナルに指を入れている美智の言うとおり、肛肉がなにかを求めるように脈打っているのだ。

「い、いや、言わないで……ああ……」

　そしてここでも翠は、明確に否定することができなかった。射精したあとも性感帯を責められて頭が痺れているというのもあるが、もう男に身体を開くという行為に対する嫌悪感を持てないでいた。

「ねえ、翠ちゃん、凜香の本業が美容整形だっていうのは知ってるよね？」

　混乱するまま横たわる翠の胸に手を伸ばしてきた玲子は、また少し大きさを増している翠の乳房を揉みはじめた。

「あ……ああ……はい……ああ」

　ローションに濡れた白い肌に彼女の指が食い込み、乳房がほんのりとした快感に包まれていく。

　翠を診(み)るさいは女性ホルモンの投与だけだが、かなり人気の美容外科医らしく、一日中手術をしているときもあると聞いていた。

「彼女にたのんで、おっぱい大きくしてもらおうよ。翠ちゃんならEカップくらいが似合うかな？」

口調は冗談ぽく言っているが、玲子はやけに目をギラつかせている。

「え……」

彼女が本気だと悟った翠は、もう声すら出なかった。ホルモン剤を投与して翠の身体を女性化されるだけでなく、直接的な手術までしようというのだ。

「そしてね、おチ×チンの下にあるこれ。睾丸も取ってしまうの」

一転、険しい顔になった玲子は、射精を終えてだらりとしている肉棒の下にある玉袋を少し強めに摑んできた。

「は、はうっ」

男の急所を握られて翠はこもった声をあげた。ただ、この痛みが自分は男だと自覚させてくれた。

「い、いやです……絶対に、いやっ」

玲子が冗談で言っているのではないというのは、周りにいる美智や樹里の真剣な表情からも伝わってきた。

いつも笑っている萌も醒めた顔になっていて、翠は自分の肉体を改造されてしまう恐怖に身を震わせた。

「睾丸はね、男性ホルモンをたくさん作っている場所なの。それがなくなったら、翠ちゃんの身体の見た目は、ほんとうに女の子みたいになるんだよ」

軽い調子の言葉遣いも封印して、萌が付け加えた。

「そうね、おチ×チンがついた女の子って感じかな。でも射精はできるんだよ。無精子になるから、子供は無理だけどね」

見た目だけなく、男性として子孫を残すこともできなくなる。そんなことをさせようという彼女たちが異常者としか思えず、翠は震えるばかりだ。

「モデルとしても、きっと至高の存在になれる。男でも女でもない美しい君に世間が大注目して、男の娘用の下着もすごく売れると思うわ」

営業部員としての意見を言いながら、樹里が翠の太腿を撫でてきた。

いつもは厳しい彼女が、翠に同情するような態度を見せていることが、よけいに恐怖を掻き立てた。

「ああ、いっ、いやあ、はうっ、ああ、動かさないで……」

肉体を改造されるなど絶対にいやだと、翠はようやく声を振り絞ってローションに濡れたショートカットの頭を横に振った。

だがその瞬間に直腸の中にある美智の指が、前立腺を刺激しはじめたのだ。

「まあ、それは置いといて、いまは気持ちよくなるだけでしょ。女の子として」

意味深な言葉をかけながら、美智はグイグイと前立腺をこね回してきた。

「あああっ、そんな、いやっ！　あああ、女の子は……あああっ、いやあ」

ここで感じれば感じるほど、自分は女性になっていく気がする。そしてその先におっぱいを作られ玉袋をとられた、異様な姿が存在していると翠は思った。

「はああん、私……ああっ、あああああ」

だが、一人で肉棒をしごいていた頃とは比べものにすらならない、まるで別の世界にいるような前立腺からの快感が翠の心まで蝕(むしば)んでいく。

その証拠に、泣くくらいに女性になることを嫌がっているというのに、自分のことをもう僕と呼ぶことはなかった。

「さあ、翠ちゃん。今日もたっぷり、メスイキしましょうね」

めくるめく快感に頭まで痺れている翠は、玲子の声に目を開けた。

お揃いの黒革のパンティを着用している彼女たちだが、いつの間にかその股間部分にあったネジ穴に、プラステックのディルドウが装着されていた。

形は三人三様で、玲子のモノにはいくつものイボがついていた。

「いっ、いやああ、許してください！　ああああ」

萌のモノは反り返っている形だが、玲子のイボ付きがとくに恐ろしく見えた。

「イボイボって、クセになるかもよ」

仰向けの翠のアナルから指を引き抜き、美智がニヤリと笑った。彼女はドリルのような捻りが入ったモノを股間に装着した。

「ふふ、そんなにイボに興味があるのなら、私からしてあげるわね」

玲子がそう言うと、美智と萌が両脚に手を伸ばしてきて引き裂いていく。ローションですべってしまうからか、彼女たちは翠を抱えるようにしていた。

「あああっ、だめです……ああっ、イボはいやあ！　あああああ」

女二人によって白く細い脚を引き裂かれた美少年は泣いて頭を振るが、イボ付きの疑似男根は容赦なく肛肉を割ってきた。

「うふふ、そんなこと言っても、簡単に入っていくわよ」

本人の気持ちとは裏腹に翠のアナルは、太めの本体にイボまでついたディルドウをあっさりと呑み込んでいく。

ローションのすべりのおかげもあるだろうが、肛肉そのものがかなり柔らかくなっていて、排泄専門の器官であることを忘れたかのように開門してしまうのだ。

「ああっ、こんなの、あああん！　はあああん」

イボが通過するたびにアナルから甘い快感が湧きあがって、翠は艶のある嬌声を響かせてしまう。

こんな自分がいやになるが、全身がどんどん肉欲に燃えあがっていく。

「ほら、もう全部入るわよ、ほら！」

玲子もどんどん興奮してきている様子で、翠の中に入れきったディルドウをすぐに大きく動かしてきた。

パンティ一枚の濡れた美熟女の腰が大きく前後し、彼女の巨乳と翠の小ぶりな乳房が弾んだ。

「ああっ、はあああん、だめえ！　イボが、ああっ、あああ」

ディルドウがピストンされるたびに、イボが不規則に肛肉をめくる。そのうえ中では腸壁も刺激してくるので、翠は意識が飛びそうになるくらいの快感に苛まれていた。

「ああっ、あああん！　ああっ、擦れてる、あああ」

イボが敏感な粘膜を擦るたびに、翠は息を詰まらせてシートの上の身体を弓なりして喘ぎ狂う。

こんな凶悪なディルドウで責められても、感じている自分が悲しい。

（女の子になってる……穴を塞がれて悦んでいる……）

イボ付きが怖いと思っている反面、翠は自分の心が妙に満たされていくことに気がついていた。

身体の穴を塞がれることそのものに安心感がある。これはまさに、女性の本能が芽生えているということなのか。

「ああっ、はあああん、ああっ！　私、あああっ、おかしくなってます！　ああ」

快感と充足感に溺れながら、翠はなにかを考えることも放棄していくのだ。

「イボにも馴れてきたみたいね、いくわよ」

翠は身も心も痺れているような感じだが、玲子はまだディルドウをアナルに馴染ませている段階だったらしい。

気合いの入った顔を見せた玲子は、腰を勢いよく前に突き出してきた。

「ひい、あああん、そこ！　あああぁ、翠の弱いところ……あああ」

ディルドウの硬い先端が、腸壁ごと前立腺を抉ってきた。

背骨が砕けるかと思うような強烈な快感が突き抜け、翠は無意識に自分を下の名前で呼びながら、女二人に抱えられた細い脚をよじらせる。

「うふふ、可愛いわ、翠ちゃん。あなたはもう私のものよ、女でも男でもない最高に美しい存在なの」

可愛らしいよがり声をあげる美少年を突きまくる興奮に顔を歪ませながら、玲子はひたすらに腰を振り前立腺を突きまくってきた。

「ああっ、いやっ、あああん！　でも、ああっ、気持ちいいのが止まらない！」

玲子の言葉が手術を受けろと言っているような気がして翠は拒否するが、すぐにマゾの昂りに胸が締めつけられ、もっとみじめになりたいと思ってしまう。

(私……どうなりたいんだろう……)

快感と混乱の中で翠は、自分が本音ではバストを膨らませて玉袋のない、肉棒がついた女になりたいと思っているのかもしれないという考えを持ってしまった。

すぐにそんなはずはないと否定するが、心の中での自分の呼び名さえ、私に変わっていることに気がついていなかった。

「あああっ、はあああん、だめっ！　あああっ、メスイキしちゃう！」

心が乱れて、肉体の暴走も止まらない。毎日のようにドライエクスタシーにのぼりつめている翠は、快感の波を自覚して叫んだ。

肉棒の先端からだらだらとヨダレを流し、ビニールシートに爪を立ててのけぞった。

「ああっ、イク、イクううううう！」

ローションに光る身体がガクガクと痙攣を起こし、腰が勝手に上下する。達するたびに絶頂の強さが増している。翠は白い歯の奥にあるピンクの舌まで覗かせながら絶叫していた。

ディルドウのイボが肛肉を擦る、心地良さにも酔いしれながら。

「ああっ、はああん！　ああ、あくう……」

そして、ドライエクスタシーは射精の発作よりも長く続く。

だらりとした肉棒の先端からピュッピュッと薄液が迸っていて、トコロテンと呼ばれる現象らしいが、翠は何度もそれを垂れ流していた。

「ああ……はあああん……あああ」

そしてようやく発作が収まり、翠は再びシートに身を投げ出した。

「さあ、翠ちゃん。こんどは私。このおチ×チンはバックからのほうがしやすいから、みんなお願い」

一度の絶頂で息も絶えだえの感じの翠の身体を、萌の声を聞いた女たちが裏返しにして四つん這いにさせる。

背中を上に向けてローションの海に手と膝をついた美少年の身体を、美智と玲子が支えてきた。

「やっぱり、こっちを使おうねー」

痺れきっている身体を再び犯されると知り、辛さと奇妙な期待に心乱す美少年の前で、萌は股間のディルドウを交換しはじめた。

さっき付けたばかりのものを回転させて外し、代わりのものを取り付ける。

「ひっ！」

白い乳房を晒しながら近寄ってきた萌の股間を見て、翠はこもった悲鳴をあげた。

黒の革パンティの真ん中にあるのは男根型ではなく、卓球の球よりも二回りほど大きなボールを、五つくらい連ねた形のものだった。

「うふふ、これ使うと、お尻の穴がすごく気持ちいいんだよ」

串団子のようなディルドウに手で掬ったローションを塗り込みながら、萌は不気味に笑って後ろに回り込んできた。

可愛らしい見た目からは想像もできないが、萌は玲子以上にサディスティックな本性を持っている。

「ああっ、怖い！　ああっ」

「大丈夫よ、お姉さんに任せなさい」

そんな彼女は、翠が怯えるほど楽しそうだ。女性ホルモンの効果でプリプリとした丸みを持っている翠の桃尻を摑み、先端を押し込んできた。

「くうう、ああっ、はあああん！　いやっ、あああ」

玉の一番直径が大きな部分は、さっき玲子が付けていたディルドウよりもかなり太いので、肛肉が驚くほどに拡張され翠は苦悶する。

腰骨ごと拡張されている感じで、苦しいがそこを過ぎるとひとつ目がつるりと直腸の中に入った。

「はあはあ……ああ……もう許して、あああっ、はうん！」

一個目で呼吸が止まりそうになった翠は、四つん這いのまま顔だけを後ろに捻って訴えるが、萌は容赦なく腰を押し出してきた。

「すごくいい顔よ、翠ちゃん」

彼女は不気味な笑みを見せながら、混乱する美少年の中に玉を押し込んでいく。

「ああっ、はうう、お願い！　ああっ、あああん」

拡張される苦しみと入りきったあとの安心感、それが交互に訪れて翠はただ悩乱していた。

「ほら、あっという間に全部入ったわ！」

ただ、翠のアナルはかなり柔軟性を増し、責められるための穴となっているので、あまり時間をかけずに五個の玉をすべて呑み込んでしまった。

「ああ、あああん、動いたら……あああ！」

直腸の中を連なる玉が満たしている感覚に、翠は身悶える。彼女は少し腰を回していて、硬い玉が最近すっかり敏感になっている腸壁を抉るのがたまらなかった。

「エッチな顔して、いやらしい子ね。でもね、出すときのほうがすごいのよ」

いまにも崩れそうになっている、翠の四つん這いの身体を横から支えている玲子が耳元で囁いてきた。

「そうよ、ほらいくよー」

玲子の言葉に愕然（がくぜん）となって顔を引き攣らせる翠に対し、萌はあくまで軽い調子で腰を引きはじめる。

「あっ、いやっ、はあああん！　ああああっ」

その気楽さがかえって恐ろしいと感じる翠だったが、そんな思いなど一瞬で吹き飛んでしまった。

玉が引き出されていき、アナルが外に向かって開かれていく。

「はうっ、これだめ！　あああっ、あああ」

肛肉が開いていくさいに、擬似的に排便させられているような錯覚に陥る。

それは人間そのものにとっての快感であり、翠はアナルからつるんとプラステックの玉が引き出されるたびに、白い身体をガクガクと痙攣させて喘ぐのだ。

「ほら、こんどは入れるよ、それっ！」

強制的な排便に悶絶する美少年の腸に向かって、萌は大きく腰を突き出した。

五つの玉が勢いよくアナルを押し込み、腸壁を抉る。

「あああっ、萌さん！　あああん、私、あああっ」

翠は完全に自分が男性であることを忘れ、可愛らしい声をあげて蕩けた顔を向ける。

いつしか翠は女として、サディスティックな美女たちに嬲り抜かれたいという感情を芽生えさせていた。

「ほら、翠ちゃん。他も気持ちよくしてあげるわ」

玲子の声で萌以外の女たちの手がいっせいに伸びてきて、翠のぷっくりと膨らんだ乳房を揉み乳頭を弄ぶ。

さらには、脇や玉袋にまでしなやかな指が這い回った。

「あああっ、だめえ！　あああん、翠、あああっ、死んじゃう！　あああ」

完全に自分の意志の外で、翠の肉体は反応を続ける。全身が蕩けるような感覚に、もう頭がおかしくなりそうだ。

ただ、肉棒は先端からヨダレを垂らしながらも、勃起を忘れたようにだらりとしているのだ。

（ああ……私の身体は、淫乱な女……）

四つん這いのまま、翠は自分の身体を見る。乳房は膨らんではいるものの、肉棒がついているので確かに男だ。

ただ、体内のほうは萌のディルドウで突いてほしくて、前立腺が強烈に疼いている。射精よりもメスイキを求める身体。翠は、いよいよ自分が戻れなくなってきていると実感するのだ。

（もし、おっぱいを付けられたら……）

睾丸を取るということに関してはよくわからないが、バストを手術によって膨らまされた自分を翠は想像してみる。

すると安心感というか、自分に大きな乳房があることに違和感を覚えないのだ。

「ああっ、だめぇえ！　ああっ、はあああん」

そのタイミングで、また玉のディルドウが引き抜かれた。腸の中から無理やりに便を引き抜かれているような感覚に、翠は絶叫した。

白く華奢な肩が何度も痙攣を起こし、四つん這いの身体の下で萎えている肉棒が激しく揺れている。

（ああ……だめ……誰か助けて……）

もし玲子に再度手術を受けることを要求されたら、頷いてしまうかもしれない。

そんな考えが頭によぎり、翠は恐怖に震えるのだった。

「ふふ、翠ちゃん、もうたまらないって感じね。じゃあ、そろそろ最後のこれを」

「さっ、最後……」

身も心も悦楽に溺れきっている翠の耳に、さらに恐ろしい言葉が聞こえてきた。

驚いて四つん這いのまま顔だけを振り返らせると、萌が玉四つまで引き出した自分の股間にあるディルドウの根元をいじっている。

「ここのボタンを押すとね……」

その可愛らしい顔に不似合いの歪んだ笑みを浮かべ、萌はディルドウの一番後ろについているボタンを押した。

同時にブーンというモーター音が、ローションに濡れたシートの上に響きだす。

「ひ、ああっ、いやっ！　あああっ、あああああ」

ディルドウ全体が強い振動を始め、玉一個だけを呑み込んでいるアナルが震える。

排便感とはまた違う強い快感に、翠は目を見開いてよがり狂った。

「さあ、いくよ」

もちろん、アナルを震わされただけで終わるはずがない。萌は勢いよく腰を突き出し、肛肉ごと玉を押し込んできた。

「あっ、あああ、だめっ！　いっ、いやっ、そこは……あああん、あああ」

一気に根元まで翠の直腸に入り込んできたディルドウ。その先端部が捉えていたのは、前立腺がある場所だった。

「はあああん！　あああっ、こんなの……ああっ、あああ」

ずっと焦れていた感じの前立腺が強烈に震わされる。求めつづけた刺激は、この世のものとは思えないほどの激しさで翠を責め立てる。

他の女たちの手もさらに強く乳首や玉袋を責めてきて、全身が一気に痺れ堕ちていった。

「あああん、死んじゃう！　ああっ、死んじゃう！」

ローションに濡れて光る華奢な身体を、何度も引き攣らせてよがり泣く美少年。

女たちの表情も、さらに悪魔的になり責めに力が入る。

「ああっ、あああ、もうだめえ！　あああっ、翠、メスイキしちゃう！」

こんな状態で長持ちするはずもなく、翠は限界を叫んでのけぞった。

「いいわ、イキなさい。でもその前に、ひとつだけ教えて。男としてイキたいの？　それとも、女の子として？」

意識朦朧の翠の耳元で玲子が囁いてきた。そしてずっと放置されている、肉棒の先端を軽く揉んできた。

「ああっ、ひあっ、おチ×チンまで！　あっ、あああ」

萎えた状態の亀頭に触れられると、なんともむず痒い快感が湧きあがる。前立腺やアナルとは違う甘い感覚だ。

「言いなさい！」

「ああっ！　す、翠は……あああああん、ああ」

これを認めてしまえば、もう後戻りができない場所に一歩近づいてしまう気がする。それをわかったうえでも、翠は自分の本音を叫びたいという願望が止まらない。

「ああっ、女の子としてイキたいです！　あああっ、メスイキさせてえ！」

牝の本能が翠の中に残るわずかな躊躇(ためら)いも押し流し、口にしてはならない言葉を叫ばせる。

すべてを認めるのと同時に前立腺の感覚がさらに強くなり、小ぶりな乳房が波打つほど身体がビクビクと反応した。

「いいわ、女の子としてイキなさい！」

あうんの呼吸で、萌がディルドウを腸壁に押し込んでくる。震える玉がアナルと直腸、そして前立腺を強烈に振動させた。

「はあああん、イク！　あああっ、翠は、女の子としてイキますう！」

そして最後は誰からも命令されることなく、自身を女だと口にしながら翠は犬のポーズの身体を弓なりにした。

押し寄せる快感の中でローションに濡れた白い肌が波打ち、だらりとしている肉棒の先からトコロテンの液体が噴き出した。

「あああん、イク、イクうううっ！」

一瞬呼吸が止まり、脳の中でなにかが弾けている。翠はすべての考えを放棄し、ただ牝の悦楽に身を任せていた。

第六章　秘密の集団交姦パーティ

時間を追うごとに女性化していく、心と身体。翠は日々を混乱の中で過ごしていた。女たちに敏感な身体を責められて肉欲に溺れているときは、このまま女になってもかまわないと欲望を暴走させるのだが、それが終わると強烈な自己嫌悪に襲われる。

（玉を取るなんて……怖い……）

睾丸を取ってバストを膨らませる。考えただけで身がすくむし、それを提案した玲子は本物の悪魔ではないかとさえ思う。

ただ、翠が一番怖いのは、前立腺の快感に悶えているときは、そうなってもいいかもしれないと本気で思っている己（おのれ）だ。

（いや、絶対にだめ……そんなの……）

身体を改造して、自分の性を捨てることなど許されない。翠は心の奥にある禁断の思いを懸命に打ち消していた。

「すごいわよ、翠ちゃん。問い合わせが」

そんな翠の心の内とは裏腹に、女装モデルとしての注目度は日に日にあがっていた。

この子はほんとうに男なのかと、マスコミなどから宣伝部の美智のところに何件も問い合わせが来たというのだ。

「あまりに可愛すぎるから、女の子だと思う人もいるわよね。いっそおチ×チン出しちゃおうか、あはは」

萌が無邪気(むじゃき)に恐ろしいことを口にする。もちろん、そんなことができるはずがないのだが、翠は彼女たちならやりかねないと思ってしまう。

そして大勢の前で肉棒を晒している自分を想像して、マゾの性感を燃やしてしまうのだ。

「まあそれはともかく、翠ちゃん。今夜はパーティに出てね」

いつもの会議室で、発売後に好調な売れ行きを見せているという女装用下着の試着をさせられている翠に玲子が言った。

「パーティ?」

別になんのこともない言葉なのに、翠の心は恐ろしさに包まれる。

なにか恐ろしい羞恥が、待ち受けてる気がするのだ。

「うちの取引先や、協力企業の人たちが集まるの。そこで新しい専属モデルのあなたを紹介するわ。皆さん、すごく楽しみにしてるみたいよ」

翠のおかげで心配していた女装用下着の滑り出しが上々だと、樹里が笑った。

彼女は感謝の気持ちを伝えているだけかもしれないが、その笑顔さえも翠は恐ろしかった。


「おおっ！　君が、翠くん……でいいのかな？」

紺色のミニドレスを着せられ、少し濃いめのメイクをした翠が会場に入ると同時に人々がざわめきだった。

かなり広いホテルの宴会場にいくつもの円卓があり、ビッフェ形式の料理もたくさんあった。

人数も百名以上はいる感じで、談笑していた全員が翠をいっせいに見つめてきた。

「O繊維の社長さんよ。ちゃんと挨拶をして」

黒のシックなドレス姿の玲子が、翠の背中を軽く押した。

「す、翠です。よろしくお願いします」

事前に樹里から教えられたとおりに、翠は両手を前に揃え腰を折って挨拶する。

さらに伸びた黒髪が翻り、耳に着けられた円形のイヤリングが音をたてた。

「おお！　声まで可愛いじゃないか。これは掘り出し物を見つけたねえ、平沢さん」

O繊維の社長は相好を崩しながら翠を褒め称えている。それはもちろん、女装モデルとしてだろうが、翠は彼の目つきに妙に淫靡なものを感じた。

（ずっと、エッチなことばかりされてるから……）

毎日、女たちにいやらしい行為をされているから、誰の目もそういうふうに見えてしまうのかもしれない。

（それにいまも……）

実は翠はここに向かう車中で、ゴムの紐で連なったアナルボールを腸内に挿入されていた。

サイズはこの前に犯された、数珠のように連なった玉形のディルドウよりもひとつひとつが大きめで、それが七つもあるので直腸が埋めつくされる感覚がある。

「ん……んん……」

そしてたまにそのボールを出したいという排便欲求とともに、腸壁から快感が湧きあがるのだ。

なんとか声を出すのだけは堪えているが、ずっと頬は赤く呼吸も速くなっていた。

「いいわねえ。可愛いだけじゃなくて、色気もあるわ」

腸の中の異物に意識がいっている間に、目の前の人物が変わっていた。

こちらもパーティドレスを着た女性で、玲子よりも少し年上な感じでかなりの美人だった。

「こちらは、女優の東堂アリサさん。テレビとかで見たことあるでしょ」

先ほどと同様に頭を下げてから顔をあげた翠は、玲子に言われてはっとなった。

アリサはドラマや映画で何度も主演を務め大女優と呼ばれている人で、確かすでに四十歳を過ぎているはずだが、とてもそうは見えない。

全体的に若々しいというか、華のあるオーラをまとっている感じだ。

「は、はい。存じあげてます」

どうしてそんな芸能人がここにいるのかわからないが、玲子の人脈だろうか。

「すぐ気がついてもらえないなんて、おばさん悲しくなっちゃうわ」

彼女が女優であることを、翠が気がつかなかったことに苦笑いを浮かべながら、アリサは手を伸ばしてくる。

艶やかな感じのする手が、翠の頬をそっと撫でてきた。

「肌がすごく綺麗ね。どうやったら、こんな繊細な肌質になるのかしら？　教えて」

悔しそうな感じで、アリサはずっと翠の頬や耳たぶを触ってくる。彼女は大胆に胸の開いたドレスを着ていて、自分よりも身長が低い翠の顔を触ろうとすると前屈みになる。

豊満な乳房とその谷間が見えるだが、翠はとくに心がざわつくこともない。

（ああ……こんなところまで、女の子に……）

普通の男子なら、かなり年上とはいえ大女優と言われる女性の乳房が覗ければ、ドキリとしそうなものだが、翠はなんの心のざわつきも覚えなかった。

それはまさに、心までの女性化であるような気がして悲しかった。

「肌は歳の問題なんじゃないかしら」

両手まで使って翠の頬や首筋を撫でているアリサに、玲子がぼそりと言った。

「ん？　玲子ちゃんなにか言ったかしら？　よく聞こえなかったけど」

アリサが怖い目になって文句を言って、周りの人間たちがクスクスと笑いだした。

玲子とアリサはかなり気安い関係のようだ。さらには他の人々も見た目や年齢はさまざまだが、なにかの繋がりを感じさせた。

「皆様、今日はご来場ありがとうございます。それではショーを始めさせていただきます」

そんなことを考えているうちに会場の照明が少し落とされ、真ん中に直径三メートルくらいはある大きな円形の台が持ち込まれた。

高さは五十センチくらいだろうか。その手前にスーツ姿の樹里がマイクを手にして立った。

会場には、萌も美智も係員としてスーツを着て立っている。

「今日の奴隷は、皆様にも大人気の美倉悠さんです！」

樹里は笑顔で振り返り、宴会場の奥にあるドアを見た。そこにライトがあてられる。

「み、美倉さんって……あの、ええっ？」

ＭＭ社の社員であり、同じ寮に住む悠。給湯システムが故障したときに、玲子の部屋の前で会った美しい女性。

そのあと会社で何度か顔をあわせたが、そのたびに優しい笑みを翠に向けてくれた。

いまの翠にとって唯一心がざわつき、自分が男なのだと思わせてくれる相手だ。

「ど、奴隷って、どういうことですか？」

あまりの驚きに大きな目を見開いて、翠は上品な黒いドレスで佇む玲子を見た。

「まずは見てみなさい。説明はそのあと、もう始まるから」

玲子は小声で囁いてきて、翠のお尻を少し押した。

「うっ、くう」

すると、腸内にあるアナルボールが動いて快感が湧きあがる。翠は唇を噛んで、なんとか喘ぎ声を出るのを抑えた。

(この人たちも、平気な顔を……)

驚いたのはアリサもO繊維の社長も、にこやかな顔で照らされたドアのほうを見つめていることだ。

奴隷という言葉に、なぜ誰も反応しないのか。いやな予感が翠の頭の中を駆け巡る。

「さあ、入場です!」

ビートの利いた音楽が会場に流れ、ドアが開いた。そこには、両側を白のビキニパンツだけの筋肉男二人に挟まれた悠が立っていた。

「ひっ!」

悠のその姿に翠は声を失った。彼女は後ろ手に拘束され、その白い首には革の首輪が装着されている。

首輪から伸びる鎖を男の一人に引かれている悠は、黒のレースがあしらわれたパンティだけの姿で、形のいい美巨乳が丸出しになって揺れていた。

「そ、そんな……」

奴隷という言葉どおりに、悠は筋肉質の男二人にひきたてられるように、ステージに向かって歩いてくる。

その姿に絶句している翠を哀しげな目でちらりと見たあと、悠はまったく抵抗することなく円形の舞台にあがった。

「さあ、今日もいい声を聞かせていただきましょう！」

いつものサディスティックな笑みを見せながら樹里が言って、ステージの前から去っていく。

同時に音楽が静かなものに変わり、筋肉質の逞しい男の腕が悠の身体に伸びた。

男たちの手が悠の張りを感じさせる乳房を揉みしだき、乳首を指で強くこねる。すると悠は悩ましい声をあげ、ヒールでステージに立つ細く美しい脚をよじらせるのだ。

「あっ、ああ、あああん！　そこは、ああああっ！」

「ああ……美倉さん」

喘ぐ美女の瞳は両側の男ではなく、ステージを見あげる観客たちを見つめている。

その瞳は妖しい潤みを帯びていて、なんとも淫靡だ。

その理由を翠はすぐに察して、悲しくなった。

（美倉さんも……マゾ……）

自分もすでに被虐の性感に目覚めている翠は、悠もまた同じ性感に燃えているのがわかるのだ。

大勢の人々の前で恥ずかしい姿を晒し、心が締めつけられるくらいに辛いのに、肉体は逆の反応を見せて蕩けていくのだ。

「あっ、はあああん！　だめっ、ああ、あああ」

こんどは両側から男たちが顔を近づけて、悠の乳首を舐めはじめた。筋肉質で大柄な二人だが、責め方はやけに繊細だ。

悠は絶え間なく甘い声をあげ、黒パンティの腰をずっとくねらせていた。

「うふふ、口が開いたままよ、翠ちゃん。でも、ほんとに驚くのはここから」

唇を閉じることも忘れていた翠の肩を、後ろからぽんと叩いて玲子が笑った。

「えっ？」

まだこれ以上に恐ろしいことが起こるというのか。翠は恐怖に背筋を震わせながらも、ステージに釘付けとなった。

「さあ、悠ちゃんのペニクリは、どうなってるかな？」

ずっと黙って、後ろ手の悠の乳房を責めていた男が初めて声を出して、パンティに手をかける。

ペニクリという聞き慣れない言葉の意味を考える余裕などない翠は、ただその動きを見あげていた。

「あっ、だめっ！　あっ、あああ」

甲高い声をあげる悠のパンティが、両側から男に摑まれて引き下ろされた。

後ろ手の美女の白い身体が震え、股間が露になった。

「そ……そんな……嘘……」

ヒールと首輪だけになった、すらりとした美しい身体。なのにその股間には、見慣れた男根があった。

半勃ちといった感じのそれは、作り物ではない生々しさがあり、翠はとてもこれが現実の光景だとは思えなかった。

「悠ちゃん、今日も皆さんの前で、このペニクリをいじめてほしいのかな？」

すると全裸に首輪姿となった悠の肉棒を、左側の男が擦りはじめた。

「あっ、だめっ！　ああっ、はあああん！」

すぐに悠は、美乳が大きく弾むくらいに背中をのけぞらせて悩ましい声をあげた。

女性として考えたら確かに少し低めの声だが、違和感があるほどではない。

「それとも、アナル？」

こんどは右側の男が、後ろ手に拘束された悠の身体の裏側に腕を持っていき、なにかをしはじめる。

「ひっ、ひあああん！　あああっ」

おそらくは、アナルを責められているのだろう。悠は腰を悩ましげによじらせる。

肉棒とアナルの同時責めを観客が見守る。驚くべき光景だが、いまの翠には悠が喘ぎ声を堪えきれない気持ちがわかる。

「あっ、んんんん！」

悠の艶のある声を聞きながら、翠はアナルボールが入った直腸を強く疼かせた。

背骨にまで快感が突き抜け、顔が真っ赤になる。身体はまったく動かしていないのに、腸が勝手に反応しているのだ。

（ああ……美倉さん……）

長い黒髪を振り乱しながら悶える悠の瞳が、ミニドレスの身体を疼かせる美少年を見つめた。

その潤んだ瞳は辛そうでもあり、もっと自分を見てくれと訴えているようでもある。

（マゾ……）

被虐の性感の燃えあがりは、自分の意志でコントロールできるものではない。翠もまた同じマゾの快感に芽生えている者として、悠の気持ちが痛いほどわかった。

(美倉さんも……男……だったんだ……あんなに綺麗なのに)

美しく整った顔立ち、すらりとした身体つき、そしてなにより腰周りからヒップにかけての柔らかいラインは官能的でさえある。

まったく疑いようがないくらいの女性である悠に肉棒が付いていることに、かなり違和感があった。

「は、まさか……」

肉棒があるのがおかしいと思ったとき、彼女のバストに翠の目が行った。左の男が筋肉質の身体を悠の華奢な肩に密着させ、肉棒をしごきながら乳房を揉んでいる。

「あっ、あああん、上もなんて、はうん!」

とめどなく淫らな声をあげながら、悠は後ろ手に拘束された白い身体を何度もヒクつかせている。

そのたびにワンテンポ遅れて弾む、そこにあるのが当たり前のような美乳。果たして、それは本物なのか。

「ま、まさか……」

ある考えが頭によぎったとき、翠は顔を強ばらせて後ろを振り返った。

そこには淫靡な笑みを浮かべた、黒ドレスの玲子が立っている。彼女は翠の狼狽える顔を見てさらに口角をあげると、ステージに向かって声をかける。

「悠のお股がどうなっているのか、ちゃんと見せてちょうだい！　翠ちゃんにわかるようにね」

玲子がそう言うと右側の男が頷いて、悠の脚を持ちあげる。しなやかな片脚が浮かびあがり、肉棒のある股間が客席に向かって晒された。

「ああ、いやっ！　そこは、ああ……見ないで」

片足立ちで股間を見せつける形になった悠は、泣き声をあげて恥じらっている。

上体を大きくよじらせていて、乳房が弾み肉棒も揺れているが、鍛え抜かれている男たちは悠を抑えたまま微動だにしない。

「あ、ああ……嘘……」

そして翠はステージを見あげたまま、目を大きく見開き、ただ声を震わせていた。

違和感のある肉棒の後ろでは、大きく開かれたセピア色の肛肉が男の太い指を二本も呑み込んでいる。

ただ、翠が気絶しそうなくらいに混乱しているのは、その肉棒とアナルの間にあるべき、玉袋の存在がないからだ。

「そうよ……悠は手術をしておっぱいを膨らませて、タマタマも取っちゃったの。男と女の中間の存在としても、あなたの先輩ね」

「そ、そんな……ああ……いや」

玲子の恐ろしい囁きに、翠は力なく首を振る。まるで自分が手術を受けることが既定路線のように言われたからだ。

「あら、タマタマ取ったらもっと肌も綺麗になって、女らしくなるわよ。男性ホルモンが減るからね」

横からアリサが口を挟んできた。さも睾丸を取るのが当たり前のように考えている様子が怖い。

「そうよ。ねえ、翠ちゃんも、もっと女の子になりたいって思うでしょ？」

「い、いやっ、いやです。手術なんて怖い、はっ……」

混乱の中で自分が言った言葉に、翠ははっとなった。男でいたい、自分は男性だと拒絶するのではなく、手術が怖いと口にしてしまったのだ。

自分は無意識のうちに女になりたい、近づきたいと考えているというのか。

「君がその可愛らしい顔立ちに生まれてきたのは、こうなる運命だったんだよ」

なよなよと首を振る翠に、壮年の男性が言った。

「ははは、それはあなたの希望でしょう。なにしろ我々は、悠のようなチ×チン付きの美女に、そそられる人種ですからな」

隣にいた別の頭が禿げて中年太りの男が、自分の頭を叩きながら言った。

「そうだね。それは真実だ。でも私は、欲望を満たすためなら金は惜しみませんぞ。とくに翠ちゃん、君ならいくらでも出してもいい」

壮年の男は、ミニドレスの翠のパンプスを履いた足元から、ふくらはぎ、腰。そして、ブラのパッドもいらないのではないかと思うくらいに膨らんできている翠の胸元を、舐め回すように見つめてきた。

「よかったわね、翠ちゃん。皆さんお金持ちだし団結力もあるから、あなたは将来の不安なんてなにも持たずに女になれるわよ」

玲子に肩を叩かれて翠は戦慄する。若くて人生経験の少ない翠にも、それはさすがにわかる。

ここにいる人間たちは、特殊な性癖で繋がったグループなのだ。人には言えない秘密の部分を共有しているから、絆も強いのだ。

「みんな、親友や家族みたいな存在なのよ。私の新作映画のスポンサーにも、二つ返事でなってくれたし。ね、社長」

「ここの人間はみんな、社長か会長だろう。ははは」

壮年の男は映画のスポンサーになれるくらいの、大会社のトップなのだろうか。確かに普通の人間にはないオーラがある。

ここにいる社会的に力がある人間たちに追いつめられたら、絶対に逃げられない。

「ああ……玲子さん……私……」

周りが全員、自分をみじめな人間に改造しようとする悪魔に思えて、翠は後ろにいる玲子をすがるような瞳で見つめる。

だが一番の悪魔は、この玲子だ。

「うふふ、悠はいまの身体になって、とっても幸せなのよ。ほら、見てみなさい」

玲子がステージに向かって目配せをすると、悠のアナルを嬲っている男が激しく指をピストンさせはじめた。

「あああっ、はあああん！　だめぇ、あああっ、そこは、ああ！」

すぐに悠は白い身体をのけぞらせて、悲鳴に近い声をあげた。

この場を玲子が仕切っているのは間違いない。彼女はこの特殊性癖を持つ人間たちの、中心にいるのだろうか。

「ちゃんと見るのよ」

さまざまな思いが入り混じる中で、翠は壇上の悠から思わず視線を逸らした。

すると玲子の手が伸びてきて、無理やりに顔を向けさせられた。

「ほら、こっちも感じさせてあげるよ！」

左側の男が激しく悠の肉棒を擦る。すでにアナルからの快感で蕩けていたのか、先端からヨダレを垂れ流している肉の竿がすぐに勃起した。

「そうだよ、可愛い後輩に悠のエッチな姿を見てもらうんだ！」

それぞれアナルと肉棒を責めながら、男たちはよがり泣く悠に話しかけている。手慣れているというか、巧みに悠を煽りたてている感じだ。

「あああっ、恥ずかしい！　あああん、でも、ああっ、止まらない！」

彼らの思うさまに、悠は首を激しく横に振って乳房を揺らして喘ぎつづける。何度も腰が前後に動き、そうとうの快感に苛まれているのが翠にはわかった。

「あああっ、出ちゃう！　ああっ、悠、ああっ、射精しちゃう！」

そして悠は呼吸を詰まらせながら、肉棒をしごいているほうの男に目線を送った。

彼の大きな手はかなりの高速で動いているので、長時間耐えられるはずもない。

「ふふ、タマタマがなくなっても射精はできるのよ。でも子種はないから、普通の精子供を作ることは不可能になる。」子種という言葉に翠はまた背筋を寒くした。睾丸を取ってしまったら子供を作ることは不可能になる。

このことは翠でも知っている。それでも、精液は出るというのか。

「ああぁっ、イク、イクうううう！」

怯えながらも大きな瞳を逸らすことができない翠が見つめるなか、悠は女性さながらの声をあげて絶頂に達した。

細身の美しい身体が、ガクガクと震えているのは同じだが、違うのは勃起した肉棒の先端から勢いよく白濁液が迸ったことだ。

「あああっ、出てる！　ああっ、あああ」

脈打っている肉棒から、勢いよく飛び出していく精液。それは玲子が言ったとおり、睾丸のある翠が出すものよりも、かなり薄いように見えた。

「精液ってね、睾丸だけじゃなくて、精嚢とか前立腺で作られる液体も混じってできているの。だから、発射は可能なのよ」

ただ、妊娠に必要な精子は睾丸でしか作られないから、もう子種はないと玲子は付け加えた。

「ああ、美倉さん……」

牡としての肝心な機能はないのに、射精だけはしてしまう。悠はどんな気持ちなのだろうか。

悠の亀頭から飛び出していく淫液を見つめながら、翠は呆然とするばかりだ。

「さあ、次はこっちだよ。悠ちゃん」

明らかに薄い精液の放出が止まった瞬間、後ろに回り込んだ男の一人が、自分の分厚い胸を悠の背中に密着させながら肉棒を突きあげた。

「ひっ、ひあっ！　まだイッて……あっ、あああ」

男のビキニパンツは下にずらされていて、そこから勃起した肉棒が伸びている。

それが悠のだらりとした肉竿の後ろにあるアナルに、深々とめり込んでいった。

「あっ、ああああん！　だめ、あっ、あああ、はああん！」

そしてピストンが本格化すると、悠の声が一気に艶めかしい色に変わっていく。

先ほどまで、喘ぎながらもどこか知性を感じさせる美しい顔も蕩けていて、半開きの唇からピンクの舌まで覗かせている有様だ。

（すごい快感なんだ……きっと……）

ときおり、翠に向けられる目も妖しい光を放っている。彼女は牝となった自分を後輩に見られることにも、マゾの快感を昂らせているのだ。

「ああああっ、あああん、いい！　あああっ、お尻、ああっ、気持ちいい！」

なにかを振り切ったように悠が叫んだ。そんな先輩社員に自分を重ね、翠もまた身体を熱くする。

「くうう、んく……」

無意識に腰を動かしてしまうと、腸の中のアナルボールが食い込んでくる。

翠は目を虚ろにし、ずっと湿った息を漏らしながら、ミニドレスの身体を小さく動かしていた。

禁断の愉悦に燃えあがる美少年を、何人もの人間がステージそっちのけで見つめていることにも気がついていない。

「あああっ、はああん、悠、メスイキします！　あああっ、もうだめっ、イク！」

大勢の観客に見つめられることで悠はさらに肉欲を燃やし、立ったままその美しい身体をのけぞらせた。

パンツ一枚の屈強な男たちに支えられながら、恍惚とした顔で頂点を極める。

「ああっ、イクうううう！　あああああ！」

張りの強い乳房がブルブルと波打ち、悠はひときわ大きな絶叫を響かせた。

前立腺が燃えさかっているのだろう、だらりとした肉棒の先端から薄液が糸を引いて溢れ出していた。

「メスイキ……ああ……」

そして翠のほうは、さらに身体を熱くする。気持ちは完全に悠に重なっていて、肌が灼けるように熱くてたまらなかった。

「あ……ああ……だめ……」

激しいメスイキを極めた悠は、ステージの上にへなへなと膝をつく。もう自分の身体を支えることもできないくらいに蕩けているのだ。

「うふふ、翠ちゃん。どうしたの？ ずいぶんエッチな顔になっちゃって」

悠に見とれる翠の横にいつの間にかアリサが忍び寄っていて、ミニドレスの中に手を入れてきた。

「あっ、なにを……ああっ、だめです！」

大女優の手はすばやく女装用パンティの中に滑り込み、肉棒を強く握ってきた。

「あっ、いやっ！ あああっ、はうっ」

大きく腰をよじらせる翠の目の見つめたまま、アリサは不気味な笑みを浮かべて肉棒をしごきはじめた。

その無言の笑顔が恐ろしい。ただ、彼女の指の艶やかさ、しごく力の強さはまさに絶妙で、翠はすぐに肉棒を硬くさせた。

「ああっ、はうっ、あああ、いやっ、あああ」

女性ホルモンの投与が続いている成果か、最近は少し小さくなり、快感の器官としての意識が遠のいていた肉棒。

ただ、いまは驚くほど敏感になっていて、翠は周りに大勢の人がいることがわかっていても、声を抑えることができなかった。

「あらあら、ほんとエッチな子なんだから。うふふ」

宴会場のほぼ真ん中に立ったまま、パンプスの足をクネクネとさせる翠に語りかけたのは、アリサではなく玲子だった。

玲子は翠の後ろにきて、ミニドレスのファスナーを下ろしはじめた。

「いやっ、ああっ、こんなところで……許してください！」

身悶える翠だが肉棒責めに力が入らず、あっという間に脱がされてしまう。

ワンピースタイプのミニドレスは足元に落とされ、翠は鮮やかなオレンジのブラジャーとパンティだけの姿にされた。

「ほら、あなたは我が社の商品の広告でもあるんだから。胸を張りなさい！」

「あ、ああ、だって、あああ……」

下着モデルだから、身に着けている女装用下着をアピールしろというのはわかる。

ずっとアリサの手によって肉棒をしごかれているから、どうしても腰が引けてしまうのだ。

「ほらっ！」

玲子はそんな翠の状態にかまわず、背中を押して胸を張らせた。

オレンジの下着の小柄な身体がなんとか直立し、翠の周りを参加者たちが取り囲んできた。

「ほう、なかなかよくできているね。ほんとうに、バストがあるみたいだ」

O繊維の社長が、まだ小さめの膨らみをパッドで持ちあげて谷間ができている胸元を見つめてきた。

「どういう造りになっているんだろう？　確認してもいいかね、玲子さん」

社長は赤くなった顔を伏せてこもった声をあげつづけている翠と、その後ろの玲子を交互に見ていった。

言葉はまともなことを言っているようにも思えるが、顔は淫靡ににやついている。

「ええ、もちろんですわ」

玲子が頷くとO繊維の社長は、美少年と美熟女の間に腕を差し込みブラジャーのホックを外した。

「あっ、いやっ！　くうう、あああん」

脱がされるのは辛いと翠は身体を逃がそうとするが、絶妙のタイミングでアリサが肉棒を握る手に力を入れてきて、膝が折れそうになってしまう。

肩紐も腕からするりと抜かれて、女性ホルモンの注射で成長しつづけている乳房やピンク色の乳首が晒された。

「おおっ、可愛い顔をして、エッチな乳首をしてるじゃないか！」

ブラジャーを確認すると言っていたのに、社長は嬉々とした顔で翠の小ぶりながら張りのある乳房を見ている。

「あっ、いやっ！　見ないで」

初めて感じる男の欲望のこもった視線に、翠は慌てて胸の前で腕を交差させた。

「ほう、恥ずかしいのかね。男同士なのに、胸を見られるのが」

パンティの中の肉棒を横からアリサに握られたまま腰をくねらせる翠に、社長は顔を歪めて言った。

「そ、それは、ああ……」

社長の言葉に、翠は身体が凍りつくような震えを感じた。

その瞬間、確かに翠は社長のことを異性として意識し恥じらったのだ。知らない男に、乳房を見られるのがいやだったのだ。

(身体の中から、女の子になっていく……)

まだ自分は男だと翠は思っている。だから手術と言われたときも泣いて拒否した。

その思いとは裏腹に翠の心の奥底、本能の部分がもう女になっている。そんな気がして恐怖に震えたのだ。

「ほら、男同士だ。遠慮するな!」

社長は呆然となっている翠の両腕を強い力で引き下ろすと、小ぶりな乳房を揉んできた。

「ふふ、吸いつくような肌質をしている。素晴らしい」

翠の白肌を褒めながら柔乳に指を食い込ませた社長は、そのまま指先で先端部をコリコリと掻きはじめた。

「ああっ、そこは……ああっ、はああん、あっ!」

乳首から甘い痺れが突き抜け、翠はオレンジのパンティの中の肉棒を握られている腰を、前後に大きく揺すって喘いだ。

「あら、男同士って、お互いに乳首を触りあって遊んだりするんでしたっけ?」

快感に膝が砕けそうになる翠の細身の身体を後ろから支えていた玲子が、いたずらっぽく言う。

周りにいる他の参加者たちも、クスクスと笑いだす。全員、この中年男に膨らんだ乳房を嬲られる美少年という異常な状況に、なんの違和感も持っていないようだ。

「確かに、そうだな。でもこんな可愛い子を見て、手を出さないのは無理だ」

社長がそう言うと、すぐそばにいるアリサがこくりと頷いて、最後の一枚であるオレンジのパンティを引き下ろした。

「ああっ! いやあ、あああぁ」

肉棒と玉袋がポロリとこぼれ落ちる。恥ずかしくてたまらないが、乳首を責める男の手にも、亀頭を擦る大女優の艶やかな手にもさらに熱がこもり、翠はただ喘ぐばかりになってしまう。

「あああっ、許してえ! ああっ、ああっ、もう……」

肉棒の奥から熱いものが込みあがってくる。メスイキをさせられることになれている翠の身体は、一気に痺れ堕ちていった。

無意識に腰が動いてしまうと、腸内のアナルボールも動いて刺激が加わり、それもたまらなかった。

「ほら、翠ちゃんのいやらしい顔を、ちゃんと見てもらいなさい。イクときは黙ってイッちゃだめよ！」

後ろから玲子が翠の顎を持って前を向かせた。そこにいる全員が、三人の大人に囲まれた裸の美少年にギラつく瞳を向けている。

「あっ、ああああ、もう……あああっ、私、あああっ！」

彼らの視線を意識すればするほど、身体の中から熱いものが込みあがってきた。

(恥ずかしい、ああ、でも……)

マゾの昂りに翠は意識が朦朧となってくる。ただ、それは奇妙に心地良く、美少年をどうしようもない快感に溺れさせていくのだ。

「ああっ、もうだめ、出ちゃう！　ああっ、イキます！　はあああん」

身も心も追いつめられた翠は、玲子の命令のままに絶頂を口にした。

大勢が見守る中で、無様(ぶざま)に精液をぶちまける変態。そんな自分に、翠は酔いしれていた。

「いいわ、出しなさい！」

アリサが一気にしごきあげを強くし、O繊維の社長も乳首を強くつねった。

「あああぁっ、イクううううう！　翠、たくさん出ちゃううう！」

そして翠は細身の腰を前に突き出すようにしながら、亀頭の先端から派手に精液をぶちまけた。

その量も勢いも凄まじく、白い粘液が空中を舞ったあと宴会場の絨毯を汚した。

「ホテルに払うクリーニング代は俺が出してやるから、好きなだけ出せ！」

そう言いながら社長は、くりくりと翠のピンクの乳首を弄びつづけた。

「は、はいいいい。ああっ、まだ出る！　ああっ、翠、たくさん出しちゃう！」

もう思考など巡らない翠は、しごかれつづけている怒張から精液を出しつづける。

足元にも無数の白い染みが広がり、それが視界に入った。

「あああっ、私、あああん、だめになってます！　ああっ、あああ！」

マゾの快感に溺れながら、翠はふと自分は女なのだという思いを抱いた。

いままではアナルを責められているときならともかく、射精のさいだけは自分が男だと思い返すことができた。

なのにいまは性が曖昧というか、肉棒がついた女の子としてみんなに見られたいという、不思議な願望を覚えているのだ。

「ああっ、はうっ、あああっ、くふん……まだ出る、ああ」

もちろん、そんな考えは否定したい反面、もうなにもかも捨てて、ただ堕落したいという禁断の欲望に苛まれていた。

混乱の中で、翠は最後の一滴までアリサの手によって絞り出されるのだった。

「あ、ああ……はあ……はあはあ」

すべてを絞り出された翠は、失神寸前の状態で絨毯の上に膝をついた。

目の前には自分が出した精液の染みが広がっていて、それを覗き込む人々の視線がまたマゾの性感を刺激するのだ。

「ほら、翠ちゃん。先輩も見てるわよ」

息も絶えだえの翠の顔を、玲子はステージに向けさせる。

その上では乳房もなにもかも晒した悠が、まだ呆然とした表情でこちらを見つめていた。

「ああ……」

乳房を巨乳にされ乳輪や乳首も女性のものにしか見えない先輩社員は、ステージに横座りのままで、哀れみともなんともいえない目を翠に向けていた。

そんな彼女が将来の自分であると、翠は心のどこかで感じてしまうのだった。

「さあ、翠ちゃん。射精のあとは、メスイキしよっか」

「い、いやっ、もう許してください！」

射精を終えてアリサと社長の手も離れていき、ようやく解放されたとほっと息をついたとき、玲子がさらなる淫靡な要求をしてきた。

「なに言ってるのよ！　お尻にこんなもの入れたまま、ずっと腰を動かしたくせに」

哀願する翠に冷たい笑顔を向けた玲子は、プリプリとした翠の白いヒップの間に手を差し込む。

腸内に挿入されているアナルボールは、すべて同じゴム素材の紐で繋がっているのだが、その端にはリングがついている。

それに指を通した玲子は、軽く後ろに引っ張った。

「ああっ、だめ！　あっ、はうっ」

アナルの一番近くにあったボールが、外に向かって引き出されていく。

肛肉が大きく開かれ、翠は排泄感にのたうつ。ただ、その声は拒絶する言葉とは裏腹に淫らな艶を帯びていた。

「あらら、お尻もかなりの性感帯なのね。エッチな子」

自然に四つん這いになってしまった裸の翠を、後ろから覗き込んでアリサが言った。

「なかなか肉厚で、柔らかそうなアナルですね。これなら、入れた男はたまらないんじゃないですかね」

いままで黙って様子を見ていた参加者の一人が、興奮気味に言った。

「ああっ、いやっ！　そんなあ、ああ」

自分の肛門がまるで性器であるように言われ、翠は泣きじゃくる。

だがまたボールが引き出されようとすると、淫らに犬のポーズの身体をのけぞらせるのだ。

「そうなんです。この子はこんな可愛い顔をして、とってもエッチなアナルの持ち主なんです。でも、タマタマを取るのはいやなんですって」

客たちにそう訴えた玲子は、紐を引いてボールをひとつ翠の腸内から引き出した。

そして同時に、だらりとしている肉棒のそばで揺れている玉袋を強めに掴んできた。

「ひっ、ひあっ！　くうう、うくううう」

なぜかはわからないが、妙に翠のタマを切除することに執着しているように思える玲子は、手にもけっこうな力が入っている。

男の身体で一番の弱点でもある睾丸を握りつぶされる痛みが、アナルの快感を上回り、翠は白い歯を食いしばって苦悶した。

「えー、先輩みたいにならないんだ。もったいない！　男性ホルモンが少なくなったら、もっと綺麗になれるのに」

観衆のなかからまた別の女性が声をあげた。彼女もまたテレビなどでよく見る三十代のタレントだ。

「うふふ、ほら翠ちゃん。皆さんの期待にこたえてあげようよ」

そう言って玲子は紐を引く。セピア色の肛肉が大きく開いて、二個目のボールが飛び出した。

「はうっ、はあああん！　ああっ、いやです……ああっ、あああ」

一個では終わらず、腸内の粘液に濡れ光るボールが一個、また一個と飛び出す。そのたびに強烈な排泄感が襲い、翠は四つん這いの体勢の身体を弓なりにして声をあげる。

玉袋にはなにもされていないので、ひたすらに快感だけがあった。

「ふふ、苦労してるみたいね、玲子ちゃん。それなら、翠ちゃんの気持ちが変わるように、たくさんメスイキさせてあげなきゃ」

横からそう口を出したアリサは、翠の体内から出たばかりのアナルボールを摑むと思いっきり後ろに引いた。

「ひっ、ひあっ、あああああ！」

まだ腸の中にあった数個のボールが、一気に外に引きずり出された。

強制的に便を引き抜かれたような感覚に、翠は目を泳がせながら狂ったような絶叫を響かせた。

「ここで男の人の味を知ったら、もっと女の子になりたいって思えるわ。きっと」

力が抜けて崩れそうになる翠の身体に腕を回して支え、アリサはぽっかりと口を開いたままのアナルに指を入れてきた。

「ああっ、はああああん、やめてください！もう、ああっ、ああ」

もちろん、入れられただけではない。二本同時に挿入された大女優の指は、大きく前後に動き腸壁を巧みに擦ってくる。

失神する寸前といった状態だった翠だが、あまりの快感に現実に引き戻された。

「そうね、もういいタイミングかも。じゃあ、アキに頼もうか。いきなりシュウの大きいのじゃ、裂けちゃうかもだし」

まだステージの上でことの成り行きを見守っている、悠を嬲り抜いた筋肉男たちに玲子が声をかけた。

すると先ほどまで悠を犯していた男が、ステージから飛び降りた。

「今日がロストバージンだから、優しくしてあげてね。まあ、大丈夫だろうけど」

「はい、お任せください。これでもプロですから！」

アキというその男は白い歯を見せて笑うと、悠を犯してからかなり時間が経っているにもかかわらず、猛々しく勃起している肉棒を揺らしながら翠の後ろに回り込んだ。

「悠ちゃんの中ではイッてなかったから、物足りなかったんですよ。翠ちゃんの中で出してもいいですか？」

やけに明るい口調でそう言って、アキはアナルに大女優の指を呑み込んだままの翠のお尻の前に膝をついた。

「いいわよ。たっぷり濃いの出して、中出しの悦びを教えてあげて」

玲子が頷くと、アキは翠のプリプリとしたヒップを掴んで腰を前に出してきた。

「えっ、ええっ、いやっ、入れないで！」

何度もディルドウで犯されたし、けっこう太いものも挿入された。だが生の肉棒は、また別だ。

本物のセックス、そして女として男と繋がることになる。それが怖かった。

「ふふ、アナルはもうかなり柔らかいから、痛くないと思うよ」

アキはどうやら翠が純粋に異物を入れられるのを怖がっていると思っているのか、

小刻みに肉棒を前後させながら肛肉に馴染ませてくる。

「あっ、あああっ、いやああ！　あああっ」

その動きはかなり巧みで、肛肉がまるで歓迎するかのように開いていく。

同時に拒絶する心を裏切るように、翠の肉体は反応を始めるのだ。

「あっ、あああっ、だめえ！　ああん、ああっ！」

意外なほどあっさりと亀頭が滑り込み、深い場所に向かって怒張が侵入してくる。

すぐに腸壁のほうも鋭敏な反応を見せ、翠は四つん這いの身体を激しくよじらせて喘ぐのだ。

（ああ……熱い……硬い……）

腸壁の粘膜で感じる牡の肉棒はあまりに生々しく、翠は心の奥まで痺れていくような気さえする。

そして自分は女になって、膣に男のモノを受け入れているような錯覚までしてしまうのだ。

「あっ、あああん、そんなに動かないで！　ああっ、私、はああん！」

大きな瞳を潤ませピンクの唇を割り開きながら叫ぶ翠には、もう男が男に犯されているという背徳感はない。

（本物のおチ×チンって、こんなに気持ちいいんだ……）

さらには、快感を受け入れる気持ちにもなっていく。ディルドウよりも生で体温を感じられる男根に、すべてを奪われていった。

「おっ！　すごくアナルが締めてきたよ、翠ちゃん。感じてるんだね」

軽口を叩きながら、アキはさらにピストンを速くしてきた。悩乱している翠に比べて、こちらは余裕たっぷりだ。

「ああっ、はああん！　だって、ああっ、だって、あああっ！」

深めの絨毯の毛をギュッと握りしめる翠の犬のポーズの身体は、濃いピンクに上気し大量の汗が流れていた。

「さすがはプロのＡＶ男優ね。翠ちゃん、もうメロメロじゃない」

ドレスのまま膝をついてよがり泣く美少年を、真横で見ているアリサが感心したように呟いた。

「いやあ、この子すごく感じやすいですよ。腸の中も絡みついてくる感じだし。可愛い見た目して、なかなかの淫乱ですね！」

翠のヒップを摑んでピストンを続けながら、アキはそう答えた。

「ほほう、見た目は天使で中身はアナルセックスが大好きな淫女か。玲子社長も、いい子を見つけてきたものですなあ」

そのやりとりを見ていたギャラリーの一人が、ぼそりと呟いた。

「ああん、そんな、あああん！　淫女だなんて……ああん、あああ！」

自分は淫乱でもないし女でもないと否定したいが、喘ぎ声に遮られてどうしようもできない。

それにムキになって反論したところで、いまの自分はまさに淫らな牝そのものだ。

（ああ……私……こんな大勢の前で、セックスして感じてる……）

アリサたちの声に、あらためて周りを大勢の人間が取り囲み好奇の目を向けていることを意識すると、身体の中から妖しい昂りが湧きあがってくる。

まさにそれはマゾの快感であり、翠はただその禁断の感情に身を沈めるのだ。

「翠ちゃんの一番いいところ、ここだよね？」

いまにも感極まりそうな翠にそう声をかけたアキは、直腸のお腹側に向かってピストンを開始した。

「ああっ、はうっ！　そこは、あああっ、ひあああああ！」

彼の先端は確実に前立腺を捉えて歪めてきた。同時に背骨がバラバラになるかと思うような快感が突き抜けていき、翠は獣のように絶叫した。

「私、あああっ！　私、あああ、もう死んじゃう！　あああああ」

一気に全身が痺れ堕ちていき、なにかを思うこともできない。すべてを快感に委ねた翠は、小ぶりな乳房を躍らせながらひたすらによがり泣いた。

「メスイキするんだね、翠ちゃん。僕もいっしょに出してあげるよ！」

翠が限界であることを悟ったのか、アキはそう言って腰を激しく叩きつけてきた。

「ああっ、私、もう、あああ、だめええ！　あああ、メスイキしちゃうっ！」

自ら前立腺での絶頂を叫びながら、翠は細身の腰をよじらせる。

周りの人々に、自分が女として絶頂を極めるのを知ってほしい。そんな被虐的な心理も働いていた。

「すごい、ヨダレ！」

別の女性が、翠の萎えた肉棒から糸を引く薄液を見て手を叩いている。

そんな彼女の笑顔に胸の内が締めつけられるのと同時に、強烈な快感が込みあがってきた。

「あああっ、イク、イクううううう！」

まさに快感のケダモノとなり、翠は前立腺のエクスタシーに身を任せた。

腰骨も背骨も砕けるかと思うほど震え、四つん這いの身体がビクビクと波打つ。

「俺もイクよ、くううう！」

冷静だったアキもこの瞬間は顔を歪め、翠の奥に向かって肉棒を強く打ち込んだ。

硬い亀頭が溶け堕ちた翠の中で脈動し、熱い精液が放たれた。

「はうっ、ああっ、熱いの来てる！　ああっ、いい、あああ！」

初めての男の精液が腸壁に染み入っていく。その温もりがたまらなく心地良く、翠は引き攣る四つん這いの身体を崩れさせるのだ。

「あっ！　抜けちゃった」

翠の身体が横向きに倒れたので、肉棒がつるりと滑り出した。もはや脚を閉じる気力もなく、ぽっかりと口を開いたアナルを晒して横たわっている。

「ああ……はああ……」

初めての男根での絶頂はあまりに凄まじく、翠は呆然と天井を見あげてその余韻に浸りきっていた。

開いた肛肉から白い粘液が溢れる様子をみんなに覗き込まれているが、もうそれも気にならなかった。

「すごくいやらしかったわよ、翠ちゃん。どう？　女の子になってイクのって、すごく幸せでしょ？」

仰向けの翠の汗にまみれた顔を覗き込んで、玲子が笑顔で言った。

「ああ……は……はい……すごくよかったです……」

虚ろな瞳のまま、翠はなにも考えることなくそう答えていた。

ただ、男として射精するときよりも、遥かにいまの絶頂のほうが強烈で甘美だった。

「じゃあ、もう女の子になっちゃいましょうね」

にっこりと笑った玲子の横から人影が現れた。パーティには似つかわしくないふだん着の女性が、翠の腕を握って脱脂綿で拭きはじめた。

「あ……凛香……せん……せい……ん」

霞む視界を取り戻すと、その女性はいつも翠に女性ホルモンの注射をしてくれている女医の凛香だった。

彼女の手には注射器が握られている。チクリとした痛みに反応する暇もなく、翠は深い眠りに落ちた。

第七章　魔改造美少女の誕生

ずいぶんと長い時間眠っていたように思う。そして目覚めたとき翠は病院のベッドの上にいた。

「な、ない……ああ……」

まず最初に感じたのは、股間の違和感だ。ガーゼが貼り付けられていたのだが、そこにいままでのとの違いを感じて軽く触ってみた。

痛みとともにわかったのは、肉棒の後ろにあるべき玉袋がなかったことだ。

「そんな、ああ、嘘……ああ」

傷口の痛みも忘れて翠は着せられているパジャマの股間を押してみるが、玉袋も中にあるべき睾丸も二つとも消え失せていた。

「むっ、胸も……」

こちらも包帯がされているが、明らかに女性ホルモンの注射で膨らんでいた乳房とは重みが違う。

注射をされて気を失っている間に、翠はほんとうに身体を改造されてしまったのだ。

「いや……いやあああああ！」

壁が白い無機質な病室で、翠は頭を抱えて絶叫した。自分は男ではなくなった。それどころか身体を改造された、異形(いぎょう)の者になってしまったのだ。もう気が狂ってしまいそうだった。

「翠ちゃん、目覚たのね。大丈夫だから、落ち着いて」

翠の悲鳴のような声を聞いたのか、凜香が看護師とともに駆け込んできた。

彼女は注射器を手にして、翠の腕に刺そうとしてきた。

「いやっ、注射はもういやっ！」

手術前に気絶させられた記憶が蘇り、翠は激しく首を横に振って暴れる。その腕をもう一人の看護師が来て二人がかりで押さえつけた。

「心が落ち着くお薬だからね、じっとして」

凜香は動かすことができなくなった翠の腕に、注射器を打った。

「体温も平熱ね。朝ご飯はちゃんと食べた？」

「は……はい」

目覚めた日から三日くらいは錯乱状態で過ごしていた翠だったが、しばらくすると少しは気持ちが落ち着いてきた。

それでもまだ自分がまともな人間ではなくなったという落ち込みはあるが、食事もできるようにはなった。

ただ、この病院から外に出たいという気持ちには、当然ながらなれないでいた。

「翠ちゃん、今日は玲子さんたちが来てるの。会える？」

翠はいまベッドで身体を起こしている状態だ。その傍らに凛香が立っているのだが、彼女はドアの外をちらりと見た。

どうやら玲子は、もうこの病院に来ているようだ。

「はい……会います」

小さな声だったが翠は答えた。気分は重いままだが、これから永遠に玲子に会わないというわけにもいかないだろう。

契約の件もあるし、ここから突然姿を消すような勇気も翠にはもてなかった。

(玲子さんは、私にきっかけを与えてくれただけかも……)

いままでの人生で、女になりたいと思ったことは一度もなかった翠だが、確かに自分の見た目は女性っぽいと感じていた。

それはどこか心の奥底に、女性として生きていきたいという願望があったからなのではないか。

入院して外出できない生活の中で、翠はそんな思いを抱くようになっていた。

「入っていいわよ」

翠が頷いてすぐ、凜香が声を張りあげると病室のドアが勢いよく開いた。

飛び込んできたのは玲子だった。後ろには萌や樹里、そして美智もいる。

「翠！　会いたかった……」

いつものように淫靡な笑いを浮かべて、異形となった翠の身体を見てくるものと思っていたが、玲子は意外にもいきなり抱きしめてきた。

「心配してたのよ……」

ほんとうに瞳を涙でいっぱいにして、玲子は声を震わせている。

「だ、誰のせいでこんな目に……んん」

彼女がどうやら本気で心配しているというのは伝わってきたが、そもそも翠の身体の手術を指示したのも、費用を出したのも玲子のはずだ。

なのに翠に同情するような態度を取っている彼女に怒りを覚えた翠だったが、文句を言おうとしたとき、突然唇を塞がれた。

「むむ……んんん」

強引に唇を奪われて舌を絡め取られる。さらに怒りが湧く翠だったが、まるで自分の舌を愛撫するような彼女の舌の動きに、身体がじんわりと温かさを持ちはじめる。

(ああ……もう……)

玲子はすべてを忘れたように、夢中で唇を吸い舌を絡ませてくる。少し懐かしくもある彼女の唾液の味に翠は心を溶かしていく。

強ばっていた肩からも力が抜け、玲子を突き放そうとしていた手が、ぽとりとベッドの上に落ちた。

「んんん……んく……んんんん……」

そしていつしか翠も積極的に玲子の舌を貪り、まるで口の中を犯されているような思いに身も心も沈めていくのだった。

「んん……ぷは……玲子さん、私は……」

何人もいる病室が、二人だけの世界になったかのようなキスもようやく終わり、玲子の身体がベッドで上半身だけを起こしている翠から離れた。

翠の顔は恍惚と蕩けていて、言葉もすぐに出ない。少しだけこぼれ出た言葉は恨み言ではなかった。

（私……女になったんだ……）

声のトーンもかなり甲高くなっていて、翠は一番変化したのは肉体ではなく、心なのだと自覚するのだった。

「ごめんね、翠。あなたを苦しませてしまって。でも私はどうしても、あなたになによりも美しい存在であってほしかったのよ」

「美しい……」

ぼんやりとした頭で翠はそう繰り返していた。ただ、玲子の気持ちの熱さだけは感じ取れた。

「確かに手術の前よりも、さらに綺麗になったわ。睾丸を取って変わるのは、おチ×チン周りの見た目だけじゃないから」

凛香がそう言って説明をしはじめたが、翠の頭には入ってこない。

「じゃあ、包帯やガーゼを取って、新しくなった翠ちゃんを確認してみようか」

最後のその言葉だけが、はっきりと翠の頭に響いた。

「えっ？　いまですか」

「そうよ。ほんとうなら、とっくに傷もくっついてるのよ。あなたの心が癒えるのを待っていたの」

凜香は翠の腕を掴み引き寄せて、ベッドから立たせた。

トイレなどへは歩いていっていたから動きが悪いこともなく、翠は裸足のまま病院の床に立った。

「脱ぐのは、私たちが手伝ってあげる」

「ちょっと待って！　せっかくだから、翠ちゃんにメイクをしてあげようよ」

萌や美智たちが、いつものように大騒ぎを始めた。そんな彼女たちを懐かしく思いながら、いつしか翠は微笑んでいた。


「じゃあ、取るわね……」

ずっと伸ばしっぱなしになっていた黒髪を、美容師免許を持っているという樹里に整えてもらい、メイクも施された。

病室には大きな姿見の鏡が持ち込まれ、髪はショートボブになり唇にピンクのルージュが塗られた自分が映し出されていた。

「ああ……怖い……」

身体のほうはすでにパジャマを脱がされ、胸の包帯と股間にあてがわれた大きなガーゼのみの姿になっている。

少し心がほぐれているとはいえ、翠は自分の身体を直視できずにいた。

「翠ちゃん、わかる？　この辺とか、すごく女性のラインになっているのよ」

凜香はすぐに包帯を外そうとはせず、引き締まったウエスト周りや、太腿のあたりを指差してきた。

これも睾丸が男性ホルモンを分泌しなくなったからしく、全身が女性らしく柔らかになっているのだ。

「はい……」

彼女の言うとおり、鏡の中にいるストレートの黒髪が顎のあたりまである少女は、腰が優美なラインを描き太腿もかなり細いが、柔らかいフワフワとした質感がある。

男としての硬さというか筋張った感じがすべて消えていて、まさに女性の肉体にしか見えなかった。

（これが、私なんだ……）

鏡に映る自分が、現実のようであり夢のようでもある。翠は不思議な気持ちでいた。

「さあ、取るわよ」

まずは、胸にサラシのように巻かれている包帯が取り去られる。

圧迫されていた乳房が勢いよく飛び出し、ブルンと弾んだ。

「バランスを考えたら、このくらいが一番いいかなって」

ホルモン剤ではBカップ程度だった乳房は、なんとFカップにまで豊胸されていた。

それによって乳輪も大きめになっているが、見事な球形を保って張りがあり、まさに美術品のようだ。

「おっぱいだけじゃなくて、上半身全部がすごく綺麗よ、翠ちゃん」

くびれたウエスト、鎖骨が浮かんだ肩周り。その胸元に膨らむ美しい巨乳。

言葉を発した萌だけでなく、立ち会っている女性の看護師もため息を漏らしていた。

「さあ、次は下ね」

「ああ……」

玲子の手が下半身に伸びてきたとき、翠は唇を少し震わせた。

実は胸のほうは手術のあと療養の過程で、凛香に診てもらったり身体を拭いてもらったりしていたので何度も目にしていた。

それでもまともに直視はできなかった翠は、下半身や玉袋を取られた股間だけは、ガーゼの取り替えのさいにもずっと目を閉じていた。

「外すわよ……」

だからいまも、メイクが施されさらに大きく見える二重の瞳をしっかりと閉じて、肌からテープが剝がされていく音を聞いていた。

「さあ、終わったわ」

傷をカバーする意味もないと言っていたガーゼはすぐに外され、股間に冷たい空気が触れた。

さらに凜香によって肉棒が持ちあげられ、翠はゆっくりとその目を開いた。

「ああ……ない……」

翠の肉棒の後ろは、はじめからなにもなかったかのように、ツルツルとしていた。

萎えている肉棒の後ろに傷ひとつなく、それを見つめた翠は悲しみの涙を浮かべた。

「とっても綺麗ね。ありがとう、凜香さん」

まだ夢の中にいる感じの翠の横で玲子が礼を言うと、美しい女医は少し悲しげに微笑んだ。

まさに男とも女とも言えない存在となった美少年に、同情しているのかもしれない。

（私……）

翠は大きな瞳からボロボロと涙を溢れさせる。ただ、それは絶望を感じての涙ではないような気がする。

ならば自分は、どうして泣いているのか。それは翠自身にも説明がつかなかった。

「お尻も前よりプリプリしてて、魅力的になったわね」

いつもサディスティックな樹里が、優しげにそう言った。だが手のほうが少し強めに翠の真っ白な尻肉を摑んできた。

「あっ、ああぁん……」

ずいぶんと久々に思える指が食い込む感触に、翠は自分でも驚くような高い声をあげてしまった。

その声色に、場の雰囲気が少し緩んだ。

「あら、可愛い声出しちゃって。もうマゾモードなの？」

樹里はそんな翠に嗜虐心を刺激されたのか、そのまま手をゆで卵のようなヒップの割れ目に滑り込ませた。

「あっ、はあぁあん、樹里さん……そこだめっ、ああっ」

性感を忘れていたような感じのアナルに、樹里の指が二本も入り込んできた。

肛肉が拡張されると同時に、翠の白肌がピンクに上気していく。

「エッチさは相変わらずだね、翠ちゃん」

その様子を見て、萌もチュッチュッと翠の首筋にキスの雨を降らし、凜香によると
ブラサイズはFだという見事な巨乳を揉んできた。
「ああっ、だめっ！　あああん、あぁん」
なにをされても反応してしまう翠は、立ったまま白い身体をよじらせる。
凜香は頷いて看護師と共に病室を出ていき、玲子と美智はなにやらスマホを手に話
しはじめた。
「あっ、あああっ、お尻！　あああっ」
樹里と萌の手はいっそう激しさを増し、腸肉を強く刺激しながら張りつめた乳房の
頂点にある乳首をこね回してきた。
思い出したかのように燃えあがる性感によがり泣く翠の視界に、凜香が持ち込んで
いた姿見の鏡が入った。
（これが……いまの、私……）
いままで翠は、もし玲子たちがやってきたら恨みを込める意味でも自分のことを僕
と呼んでやろうとか考えていた。だがいきなりキスされて、それも忘れていた。
（いやらしそうな女……すごくエッチな顔をしている）
いまそのことを思い出したのだが、すぐにそんな思いは消し飛んだ。

鏡の中にいるショートボブの髪型をした人間は、股間に萎えた肉棒がある以外はまさに女性そのものだ。

華奢な肩や太腿、そしてウエストのラインは滑らかで肌は艶やかだ。さらに乳房は見事なくらいに膨らみながら、細身の身体とのバランスがとれていた。

(ああ……これが私なんだ……)

ほんのりとピンクに染まった肌には、汗が浮かんでムンムンと女のいやらしさを漂わせている。

顔のほうは瞳が妖しく潤み、唇もずっと半開きで、まさに発情している牝の表情をしていた。

「ああっ、お尻！　ああああん、あああっ」

もう過去の自分に戻ることはないのだと思うと、悲しい反面で心の奥が熱く燃えさかっていく。

それはマゾの性感が昂っているのかもしれないし、女性化した心が女らしい身体の自分に歓喜しているのかもしれなかった。

「あああっ、はあああん！　あああああっ、いいっ！　ああっ」

病室に響く甘い声に、女たちの指も熱を帯びてくる。乳首が押しつぶされアナルの奥を掻き回されるたびに、病室に美少女の悲鳴のような喘ぎが響き渡った。

「お待たせしましたあ」

そのときドアの向こうからノックの音と共に男の声がして、翠だけでなく萌もビクッとなって振り向いた。

「こんにちは。あ、もうやってるんですか？　ここ病院ですよね」

苦笑いしながらも、やけに明るい調子で入ってきたのは二人の大柄な男。その顔に翠は見覚えがある。

手術をされる前、あのショーの会場で悠と翠を生の肉棒で犯したシュウとアキだ。

「ごめんなさいね、二人とも忙しいのに」

彼らの登場に驚く翠や萌に対し、玲子は平静な様子で礼を言っている。どうやらこのプロのAV男優を呼んだのは彼女のようだ。

「いえいえ、可愛い翠ちゃんとヤレるなら、世界の果てにいても飛んできますよ！」

「まあ、今日は撮影もなくて暇だから、筋トレしてましたし」

Tシャツ姿のシュウが、笑って力こぶを作っている。それよりも翠が気になったのは、アキが発したヤレるならという言葉だ。

そしてそれには萌も樹里も気がついているのか、玲子を見て頷いたあと翠の身体から離れていく。

「あ……だめ……」

「おっと……大丈夫だよ。俺が支えてあげるからね」

急に一人にされて膝の力が抜けている翠はふらついたが、すぐにアキが後ろから抱きしめるようにして支えてくれた。

（ああ……男の人の香り……硬い腕……）

ほんの数週間前までは自分も同じ男だったはずなのに、いまはアキの太く逞しい腕が肌に触れているだけで、胸の奥が苦しくなる。

こんなところでも、翠は自分の心の女性化をあらためて実感するのだ。

「立ったままのほうがしやすいから、我慢するんだよ、翠ちゃん」

どこか軽いノリのアキに対し、シュウは声も低くて重厚な感じがする。それもまた、翠の心を熱くする。

翠の瞳をしっかりと見つめて言ったあと、シュウは服を次々に脱ぎ捨てて、ふだんから着用しているらしき、あのときと同じビキニパンツのみの姿になった。

「ああ……私……」

ボディビルダーのような体型の日焼けしたシュウが、白く細い翠の足元に膝をつく。

彼が手を伸ばしてきたのはだらりとしている翠の、睾丸が消えてまたさらに小さくなっている気がする肉棒だった。

「まずは、ここを気持ちよくしてあげるからね」

アキに背中を身体を預けて立つ翠の前に膝をついたシュウは、なんと唇を開いて亀頭部を口に含んできた。

「あっ、そんな、嘘でしょ！　あっ、だめっ、いやっ、ああ」

女性陣にフェラチオは何度もされている翠だが、男性にしゃぶられるのは、もちろん初体験だ。

敏感さは失っていない肉棒に濡れた舌が触れると、快感は湧きあがるのだが、違和感のほうがすごい。

「おっ、もう硬くなってきたよ。さすがに若いね」

本人の戸惑いとは正反対にムクムクと屹立していく翠の怒張を、シュウは音を立てて激しくしゃぶる。

甘い快感が腰を震わせ、翠は大きく膨らんだ乳房を弾ませて背中をのけぞらせた。

（男の人に、ご奉仕されてる……）

女性が秘裂を舐められている気持ちも、こんな感じなのだろうか。翠は逞しい男性の舌が、自分の身体に触れていることを嬉しく感じていた。

「あっ、あああん！　私、あああん、あああっ」

快感はどんどん強くなり、いつしか翠はよがりっぱなしになっていた。

「こっちも、おろそかにはしないよ」

男性の唇によるしゃぶりあげが、たまらないと思いはじめた翠のアナルに、太い指が侵入してきた。

「はああん、そこも、ああ、同時なんて……はああん、私、ああっ！」

こんどはアナルからの快感に翠は悶絶する。しかもアキは、いきなり二本挿入していて肛肉が大きく広げられている。

すっかり柔軟になっているせいか、引き裂かれるようなその感覚が心地良く、翠はひたすらに喘ぐばかりになる。

「こっちも、ガチガチだ」

一度肉棒を吐き出して、シュウがやけに白い歯を見せた。

彼の唇との間で粘液の糸を引く肉棒は、天井を向いて反り返っていた。

「だ、だって、あああん！　はあああん、気持ちいいからあ！　ああっ、ああん」

自ら快感を叫びながら、翠は白く華奢な身体を激しくよじらせる。肉棒とアナルの同時責めは、あまりに甘美で我慢するなど無理だ。

そして彼らの牡としての強さに自分が翻弄されているという思いも、翠の被虐的な性感を刺激するのだ。

(だって私は、牝なんだもん……仕方がないじゃない……)

翠は自分が身体も心も女なのだと意識していた。だから、逞しい男性に挟まれるのが心地いいと思うのも当たり前だ。

そしてもっと責められたい、自分の本性をさらけ出したいと思いはじめる。

「あああっ、もっと、もっと翠を、狂わせてええ！　ああああっ！」

それは周りでにやつきながら見つめている女たちに、もっと蔑まれたいというマゾの昂りだったのかもしれない。

とことん乱れてやろうと開き直った翠は、プリプリとしたヒップを自ら揺らした。

「のってきたね、翠ちゃん。じゃあ、僕もいくよ！」

翠の身体を支える役目をフェラチオしているシュウに任せ、アキは服をすべて脱ぎ捨てた。

「翠ちゃんが可愛いから、すぐに勃起しちゃったよ」

言葉のとおり、アキの肉棒は翠と同じように天を衝いて屹立している。血管が浮かんだその威容を見た翠は、さらに身体を燃やすのだ。

「ああっ、嬉しい！　あああん、ああっ」

足元のシュウに腰を持って支えられながら、翠は悩ましく喘いだ。

亀頭に絡みつくシュウの舌もたまらなく気持ちいいが、完全に淫婦となっている翠の肉体は、さらなる快感の上乗せを求めて腸や尻穴を疼かせる。

「いくよ！」

さすがはＡＶ男優、翠の願望を嗅ぎ取ったかのように、まったく間を置かずに肉棒をアナルめがけて押し当ててきた。

「ひあっ、熱い！　あああん、すごいい！　あああっ」

先ほどの指よりも遥かに太い逸物が、肛肉を引き裂いて中に入ってくる。

亀頭の張り出したエラが、手術のあとでさらに敏感になっている腸壁を擦っていくと、腰骨がバラバラになるかと思うような快感が駆け抜ける。

「あああっ、翠、あああん！　おかしくなってる、あああっ！」

病室の床に立ったまま、後ろから男のモノを受けている白い身体が蛇のようにくねり、張りのあるＦカップのバストが大きく弾む。

大きな瞳をさらに蕩けさせながら、翠はなんと自らその乳房を揉みしだき、乳頭をこね回しはじめる。

「ああん、いい！　ああぁっ、たまらない！　ああぁっ」

アキは勢いよく腰を使い、先端部を翠の最も弱い場所である前立腺側に食い込ませてくる。

肉棒と前立腺、そして自ら刺激している両乳首。三つの快感が体内で混ざりあい、翠は完全に悩乱した。

「あんなに泣いてたのに、おっぱい揉んじゃって。おっぱいが好きになった？」

まるで元からそこにあったかのように、慣れた感じでバストを揉みしだく美少年に、玲子はしたり顔で言った。

「ああっ、はいぃい。おっぱいができて嬉しいですう！　ああぁっ」

彼女の思惑に嵌まっていることは、翠もわかっている。それよりも快感が強すぎて、他のことなどどうでもよかった。

「すごく可愛い女の子になったんだね、翠ちゃん！」

アキはそんな翠のアナルに激しくピストンしてくる。肛肉が激しく開閉し直腸から太いモノが引きずり出される二重の快感に、腰骨が痺れ落ちる。

「はいいい、ああぁん、翠は女の子です！　ああぁん、幸せ！」

蕩けきった顔を振り返らせ、翠は唇を大きく割り開いたまま、後ろのアキに訴えた。

もう心の中には微塵（みじん）の後悔もなく、この快感があればそれだけでいいとさえ思っていた。

「じゃあ、女の子として、俺を気持ちよくするんだ」

ずっと翠の肉棒をしゃぶっていたシュウが、立ちあがってビキニパンツを脱いだ。

「ひっ！」

彼の股間にぶら下がっていたのは、まだ萎えている状態だというのに、かなり巨大な肉棒だった。

（これが、勃起したら……）

もしこんな大きいのをお尻の穴に入れられたら、身体が裂けるのではないかと思うような禍々しいモノに、翠はすくみあがるのだ。

「さあ、お口でするんだ、翠ちゃん」

シュウは翠の肩を摑むと、上半身だけを倒させた。細い腰が九十度に曲がり、アキの肉棒を受け入れているお尻を後ろに突き出す、立ちバックの体勢となった。

「ふふ、このほうが突きやすいね」

立っている状態よりもピストンしやすくなったのだろう、アキは一気に腰のリズムを速くした。

「あっ、あああっ、私、だめっ！　激しい、ああっ、あああ！」

これまでとは違う角度で生の肉棒が腸壁に食い込み、前立腺を歪める。

翠は全身が痺れきっていて、床についている脚は膝が震え、シュウが肩を支えてくれていないと転倒してしまうような状態だった。

「ほら、お口を使うんだ！」

シュウは少し強引な感じで、翠の開きっぱなしの唇の間に肉棒をねじ込んできた。

「んんん……んく……んんんんん」

まだ柔らかい亀頭部でも口内を埋めつくすほどの太さがあり、翠は息を詰まらせる。

それと同時に、饐えたような男の臭いが鼻をついた。

(これが男の人の、おチ×チンの香りなんだ……)

初めての、男の肉棒の味と香り。かなりきついが、不思議と吐き出したいという感情は湧きあがらなかった。

前立腺を剛直で突かれつづける快感に、すべてがメス化しているのだろうか。翠はなにかに導かれるように、舌を動かして夢中でしゃぶりはじめた。

「んんんん……んく……んんんん……」

その間も絶えずアナルは開閉を繰り返し、前立腺から背骨が砕けるような快感が突き抜けていく。

男の気持ちいい場所はわかっているので、翠は亀頭の裏筋あたりを集中的に舐めていった。

「おお！　気持ちいいよ、翠ちゃん」

夢中のしゃぶりあげに、シュウが声をあげる。肉棒のほうも一気に硬さを増してきて、翠の口内で一気に膨張した。

「んんん……ふぐ……んんんんん」

太さも長さも剛棒と化したAV男優の巨根に呼吸を奪われ、翠は目を見開く。

顎が引き裂けそうになり、意識も途切れそうになった。


（苦しい……でも……ああ……すごく硬いし、太い……）

顎のところの筋肉が伸びきって辛かったが、翠はもうひとつの感情に囚われていた。

シュウの巨根の逞しさに心が痺れ、自分のすべてを奪って狂わせてほしいという、被支配欲といった思いだった。

（もう、なにも考えたくない……）

ひたすら快感に身を任せ、ケダモノのようによがり狂いたい。翠は心の底からそう思っていた。

「んんん……んくう……んんんん」

男として、そして人間としての矜持も捨て去った翠は、怪物のような巨根になんと自分から顔を突き出し、頬をすぼめて激しくしゃぶる。

そしてプリプリとしたヒップを後ろに突き出して、アナルをピストンする逸物をさらに腸深くに受け入れようとした。

「おお！ 翠ちゃん、のってきたんじゃない？」

それにいち早く気がついた玲子がそう言うと、二人のAV男優が同時に腰を突き出して、翠の喉奥と直腸を激しく責めはじめた。

「んんん、くうううう、んくうううう」

腸肉が痺れきり、シュウの先端から溢れた先走り液の生臭い香りが口内を満たす。

それらすべてが、翠のマゾで淫乱な肉体を燃えあがらせ、腰を折った白い身体が真っ赤に染まるのだ。

「うわ！ すごい、なんか串刺しって感じ」

立ちバックの体勢で震える身体に、前後から巨大な男根を受け入れる美少年を見て、萌が歓声のような声をあげる。

「ヨダレが多すぎでしょ。泣いてたんじゃなかったの？　翠ちゃん」

絶えずよじれている細い脚の真ん中で、まるで射精の残り汁かのように白濁液を垂れ流す肉棒を覗き込んで、樹里が蔑んできた。

さっきまでギンギンだったはずなのに、肉棒はいつの間にか萎えていて、アキのピストンのリズムにあわせて大きく揺れていた。

（もう、ほんとうに男じゃないのね。私は穴を塞がれるのが好きな変態女……）

彼女たちの言葉のひとつひとつが翠の性感を刺激し、すべてを蕩けさせていく。

もっと自分を軽蔑してほしい、みんなで笑ってほしい。そんな思いを溢れさせながら、まさに獲物を串刺しにしているような、二本の肉棒に身を任せるのだった。

「シュウ、お前さきに出せよ！　玲子さんたちに、翠ちゃんのイク声を聞かせてあげないといけないから」

翠が崩壊寸前だというのは、アキにはわかっているのだろう。

オッケーと返事をしたシュウは、さらに翠の喉奥に向かって巨根を押し込み、自ら腰を激しくピストンさせる。

「ふぐうううう……」

剛直で喉の奥の奥を抉り掻き回され、苦しいとか辛いとか、もうそんな次元ではなかった。

巨大な亀頭からさらに張り出したエラが、ゴツゴツと喉奥を叩いてむせかえりそうになるが、その苦しさすら翠の身体はマゾの快感に変えてしまう。

「ううっ……出すぜ、翠ちゃん。ううっ、イクッ！」

ショートボブの髪が揺れる翠の頭を分厚い両手で挟んで固定し、シュウは激しく腰を震わせた。

ただでさえ大きな逸物が、狭い口内でさらに膨らむ感覚があったのと同時に、熱く粘っこい液体が放たれた。

「ふぐ、んんんん、むむむむ！」

生臭く粘っこい液体にむせかえりそうになるが、亀頭が喉近くにまで打ち込まれているので、そのまま飲み込むしかない。

直に食道に流れ込んでくる濃厚な精液を、翠はじっと受け止める。

（こんなに、たくさん……）

何度も口内で脈打つ怒張から、驚くくらいに大量の精液が排出されている。

シュウが吐き出す牡としての強さに心を震わせ、翠は瞳を恍惚と濡らすのだ。

「ふう……気持ちよかったよ、翠ちゃん、ありがとう」

威圧的だったシュウが、優しい言葉をかけながら肉棒を引き抜いた。

「ああ……はあはあ……」

翠のほうはその言葉に答える余裕などない。懸命に酸素を吸い込むために、大きく開いた口元から白い精液が糸を引いていた。

「さあ、こんどは翠ちゃんがイク番だね！」

アキが軽い調子で言いながら、ピストンのスピードをあげはじめた。

血管が浮かんだ肉竿が激しく出入りし、引き伸ばされた肛肉が開閉を繰り返す。

「あああっ、少し……ああっ、はあああん、ああっ！」

少し休ませてくれという言葉が出なかった。アキの先端は的確に前立腺を捉えていて、強烈な快感に翠は喘ぎっぱなしになった。

「ああっ、はああん！　だめっ、ああん、ああっ！」

唇は大きく割れたまま、まだ精液がこびりついている舌まで覗いている。

腰を折った身体の下でFカップになった巨乳が激しく波打っていて、崩れ落ちないようにシュウが肩を支えていた。

「あっ、あああ、すごい！　あああん、あああっ、もう、おかしくなっちゃう！」

前立腺からの快感に加え、アナルを大きく開かれる解放感まで加わり、翠はすべてを捨ててよがり狂っていた。

「気持ちいいんだね、僕のおチ×チンが！」

翠の細腰を両手で固定して、ピストンしながらアキが優しい言葉をかけてきた。

「あああん、いい、あああっ、翠、あああん！　アキさんのおチ×チンで、とっても感じていますう！　あああ」

これだけ自分に快感を与えてくれる男に、屈服したいという牝の感情に翠は囚われ、蕩けた顔を後ろに向ける。

汗をかきながら自分を突きまくる、アキの顔が視界に入ると心が熱くなる。この瞬間、翠は彼に好意を抱いていた。

「ああっ、もうだめ！　あああん、アキさん、翠、イッちゃいます！　あああん」

アキにイカされるのは二度目だが、以前よりも快感が増している気がする。

それは睾丸を取ってしまったからか、それとも気持ちが完全に女になったからなのか。だが翠にとっては、もうどうでもよかった。

「あああっ、イク、イキますうう！　あああっ、はあああん！」

背中を大きく弓なりにして、翠は絶頂に駆けのぼる。全身を砕くような、メスイキの痺れに酔いしれながら絶叫する。

「ああっ、イク、イクうううううう！」

自分の腰を摑んでいるアキの手に自分の手のひらを重ねて、翠は全身をガクガクと震わせた。

その凄まじいイキっぷりに、見ている女たちも目を丸くしてくる。

（見て……淫らな私を……）

恍惚とした瞳を女たちに向けながら、翠は絶頂の発作で巨乳を揺らす。

「ううっ、翠ちゃんの腸が締めてきたよ……くううう、俺もイクッ！」

翠の凄まじい絶頂に呑み込まれるかのように、アキも顔を歪めた。

直腸の奥に向かって打ち込まれた怒張が脈打ち、熱い精が激しく放たれた。

「あああ、出して！　ああああん、翠のお腹を、精子でいっぱいにしてぇえ！」

腸壁に染み入ってくる熱い粘液の感触に歓喜しながら、翠は腰を折った身体を悦び
に震わせつづけた。

第八章　淫虐の牝奴隷化計画

女性になるということを受け入れた翠は、退院したあとも同じようにMM社に出社し、女装用下着のモデルとして勤めていた。

美しい悠をなぜモデルにしなかったのかと聞いてみたところ、コンセプトが美少女だったので、二十代後半の悠は適さなかったそうだ。

「ほんとに、こんなに薄くていいの？」

朝、寮から出社するさいに萌が着替えを手伝いに来てくれていた。最初は翠に女らしい服を着せるために、毎日翠の自室を訪れていた彼女だが、最近では心配そうにそう言うことが多くなった。

「は……はい……これでいいです」

翠は頬を赤くしながら頷いた。部屋の壁にある大きな鏡に映る自分は、細い肩紐のキャミソールだけだ。

もちろん、中にはブラもパンティも着けているが、薄ピンクのキャミソールは布が薄めで下着の形がわかるくらいだった。

丈もやけに短いので太腿はほとんど露出しているし、白い肩も丸出しだ。パンティはTバックを穿いているのでラインは出ていないが、ストラップレスのブラジャーのレースがうっすらと浮かんでいた。

「すごく、見られちゃうわね……」

翠のプリプリとしたお尻、そしてFカップの巨乳。こんな格好で外を歩いたら道行く男たちが振り返るだろう。

萌はそれを心配しているようだが、顔はちょっと笑っている。翠が自らこんな扇(せん)情(じょう)的な格好を望んでいることに満足している様子だ。

「じゃあ、サングラスだけはかけていこうね。翠ちゃん最近、顔が売れてきてるし」

女装用下着のモデルとして、翠は知る人ぞ知る存在となっていた。一般の雑誌などの取材は玲子の方針で断っているが、カタログに登場した本来の性は男であるというミステリアスな美少女は、ネットを中心に話題となっていた。

その美少女モデルが、こんな破廉恥な格好で街中を歩いていたとなれば、変な意味で話題を呼びそうなので顔は隠せということだ。

「はい……」

小顔の翠には少々バランスが悪い、大きめの黒いサングラスをかけて寮の部屋を出る。

靴もサンダルのようなタイプなので、昨日萌がマニキュアを塗ってくれた足の指もすべて露出していた。

「うおっ！」

マンションを出て駅に向かう途中、最初にすれ違った大学生らしき男が驚いたように声をあげていた。

小柄で抜群のスタイルと白い肌を持つ美少女が、扇情的な服装で歩いてきたからだ。

「ああ……」

彼の視線は薄めのキャミソールの布がぴったりと貼りついた、翠の胸元やお尻に集中している。

とくに乳房は歩くだけで揺れているので、目が離せないようだ。そんな男の視線に翠はため息にも似た湿った吐息をもらす。

（身体が熱い……）

それが露出の性感の昂りだと翠ははっきりと自覚し、肌がピンクに染まるほど全身を昂らせる。

これもマゾの快感のひとつなのだろうか。最近では身体を見られると、アナルまで疼くくらいになっていた。

「うわー、綺麗な脚！」

駅に近づいていくと人も多くなってきて、当然ながら女性たちの目にも触れてしまう。女たちは、翠の艶やかな太腿やふくらはぎを見て感動している。

すると翠は、誇らしいような思いが湧きあがるのだ。

（あっ、おじさんが、あんなにたくさん……）

駅に入るとちょうど通勤の時間帯なので、ホームにはスーツ姿のサラリーマンが大勢立って電車の到着を待っていた。

ほとんどが四十代以上とおぼしき彼らのいやらしい視線が、キャミソールに胸やお尻のラインをはっきりと浮かべた美少女に集中する。

「はあん……」

数十人の視線が集中してきて、身体が熱く燃えてたまらない翠は、思わず変な声を出してしまった。

官能の愉悦というのか、身体の奥から溢れてくるような欲望に、ついには頭までぼんやりとするのだ。

「ほら、翠ちゃん、電車来たわよ」

こんな翠を一人で通勤させるわけにいかないと、萌もいっしょに来ている。もちろん、彼女はこの美少女が禁断の快感に目覚めていることはわかっていた。

「今日は、いつもよりお客さん多いねえ」

そして露出の性感を煽るようなセリフを言いながら、翠の背中を軽く押してきた。

「あ……ああ……」

ため息をもらしながら翠は、すでに満員状態に近い電車の中に入っていく。

すらりとした白い足が小さく震えているのは、怖いという理由からではない。

（すごく、見られてる……）

満員電車の車両内で立っているのは、翠と萌以外はほぼ全員が男性だ。当然のように数十もの目が、いっせいに薄いキャミソールの翠の肉体に集中する。

「は……ううん……ああ……」

全身がかっかっと熱く燃え、両脚どころか腰のあたりまでジーンと痺れている。

見られているだけで喘ぐのは、さすがに抵抗があるのでなんとか堪えているが、翠は頭がおかしくなりそうなくらいに全身が昂っていた。

（あ……きた……ああ……）

次の駅に停車するとさらに乗客が増え、社内はすし詰めの状況となった。

そんな中で、翠がサングラスの下の顔を真っ赤にして唇を半開きにしているのは、キャミソールの膨らんだ胸元を男たちに上から見下ろされているのが理由ではない。

（あ……お尻……）

背後から男の硬い手が伸びてきて、翠の桃尻を布越しに撫ではじめたからだ。

下着の今日はＴバックだし、キャミソールも薄いから手のひらの感触や体温がダイレクトに伝わってくる気がする。

「あ……んんん……うん」

完全にマゾや露出の快感に目覚めている翠は、痴漢の手が触れても嫌悪感よりも快感が先にたってしまう。

しかも痴漢は一人ではない。何本もの腕が、次々と翠の細く艶やかな身体に絡みついてくる。

「あっ、はうっ、んんん……」

翠が甘い声を漏らしているので、痴漢たちはどんどん調子にのってきて、身体中のいろいろなところをまさぐっている。

尻を撫でるだけではなく、キャミソールの裾をずりあげて、翠の滑らかな肌の太腿の奥まで擦ったり、ブラジャー越しに乳房を揉んだりされてしまう。

（ああ……こんなの、だめなのに……）

ここは電車の中だ。そこで性感を昂らせるのはだめだと、翠は心の中にある僅かなモラルを奮い立たせようとするのだが、身体に力が入らない。

「はう……んんん……はあ……」

そのうちに身体を撫でていただけの分厚い手が、キャミソールの中へと侵入を開始してくる。

キャミソールは脇のところも大きくカットされたデザインで、もともとほとんどない脇毛を全部剃っている腕の内側に滑り込んだ痴漢の手が、さらにブラジャーの中にまで進入してきた。

「や、だめ……あ……くうん」

翠はここでようやく言葉を出したが、柔乳を揉んだ手が的確に乳首を捉えると、背中を引き攣らせて甘い声を漏らしてしまった。

なんとか大きく喘ぐのだけは堪えたが、ずっと切ない息を吐きつづける小柄な少女が感じていることに痴漢も興奮しているのか、乳首まで指で引っ搔いてくる。

「んん、そこ、ううっ、だめ、んんん」

いまにも大きく出そうになる喘ぎ声を、翠は必死で堪えて腰をよじらせる。

睾丸を取ってから乳頭部が少し大きくなり、それと比例するように敏感さも増していた。

「は、はうっ、いやっ、やっ」

乳首の快感をなんとか堪えていた翠のヒップの側から、別の痴漢の手がキャミソールの中に入り、女装用のパンティの中に侵入してきた。

その手は生の尻肉をゆっくりと揉んだあと、指でアナルを押しはじめた。

「んん、お願い……ううっ、くううう」

ぷっくりと肉厚になり、まるで別の生き物のようにヒクヒクと開閉したりする翠の肛肉は完全に性器となっていて、どんなに微(かす)か刺激にも敏感に反応する。

痴漢の指はグイグイと肛肉を割り開き、軽いピストンまでしてくるのだ。

「あうっ、くうん、ああっ、んんん」

電車の揺れている感覚だけが翠の心を繫ぎとめ、喘ぎ声を漏らすのを制していた。

ただ、ずっと鼻から湿った息が漏れ、唇を閉じることもできない。

股間が見えそうなくらいにまでキャミソールがずりあがった腰は絶えずよじれ、お腹のあたりが燃えるように熱かった。

「あ……前は……だめっ、やっ」

これも小さな声しか出せなかったが、翠は目を大きく見開いて腰を後ろに引いた。別の痴漢の手が、こんどは前から股間に入ってきたのだ。

「は、はうううん、んんん」

腰を引いた勢いで、後ろにいる痴漢の指がアナルにすっぽりと入ってしまった。下半身が砕けそうになるくらいの快感が突き抜けていく。翠はたまらず喘いでしまい、慌てて手で口元を塞いだ。

(いやっ、お願い……)

それで隙(すき)ができてしまったからか、正面にいる痴漢の手がパンティの中に入ってきた。

翠は真っ赤になった顔をあげて懸命に目で訴えようとするが、サングラスをしているし、痴漢も顔を新聞で隠しているので通じるはずもない。

「くううっ、だめ……ああ、んんんんん」

そんなことをしているうちに、痴漢の手が肉棒を捉えた。翠はいけないと焦るが、なんと痴漢はゆっくりとそれをしごきはじめた。

（もしかしてこの人、前にも……私を……）

どう見ても極上の美少女にしか見えない翠の股間に逸物があると知ると、ほとんど痴漢は慌てて手を引っ込める。

ただ、中にはそれでも再び手を入れてきたり、別の日にまた触りに来たりする強者（つわもの）もいた。

今日の痴漢の手の動きは、なんだか最初から肉棒がそこにあることをわかっている感じで、翠は前にもこの男に股間を弄ばれたことがあるのだと感じ取った。

「ああっ、くうん、んんんんん……」

名前も顔も知らない相手の手の動きだけで、そこまでわかってしまう自分が翠は少し悲しい。

ただ、身体はさらに燃えあがり、しごかれる肉棒を硬化させていくのだ。

「ああっ、やっ、ああ、そんなふうに……あっ」

男の感じる場所などわかっているとばかりに、痴漢は翠の亀頭部に指を絡ませるようにして刺激してくる。

そして後ろの男はアナルを掻き回し、横から伸びる手が乳房と乳首を弄ぶ。

「あっ、ああっ、はうっ、あああ、そこ……ああ……」

翠の周囲は痴漢しかいないようで、すでに萌の姿も見えない。この男たちはおそらくいつも同じ時間に同じ車両に乗る、露出狂の肉棒付き美少女を狙っていたのだ。

「ああ……いやっ……ああ……はあん」

キャミソールの肩紐は片側がずり落ち、胸元に手を突っ込まれている。下も裾が完全に持ちあがって、前後から指を入れられているパンティが見えているのだが、翠はもう自分がみじめな姿であることを気にする余裕はない。

「あっ……はうっ……ああ、あああ」

周りには痴漢しかいないということが逆に安心感にもなり、翠は全身の性感帯を数人がかりで同時に刺激されるという愉悦に溺れきっていくのだ。

(ああ……もうどうなってもいい……)

男たちの手の動きに身を任せ、翠は頭を真っ白にして細身の身体をよじらせながら、切ない声をあげつづけるのだった。

露出の快感まで覚え込まされた翠に、玲子たちはさらなるマゾの恥辱を与える。

玲子が主催する例のパーティに、こんどは被虐のヒロインとして出演することを命じられた。

あの円形ステージで、悠がシュウとアキに責め抜かれたのと同じ目にあうのだ。

「ああ……あんなに、たくさんの人たちがいる」

パーティ会場の外の廊下に立ち、ドアの隙間から翠は中をうかがっていた。

すでに円形ステージが設置された宴会場の中には、パーティ衣装に着飾った男女が大勢いて、その数は前回の倍以上はいるように思える。

翠は熱気を帯びた会場の雰囲気に、ぶるっと身震いをした。

「前回こられなかった人も、今回は絶対に参加するって。わざわざ、外国から戻って来た方もいるのよ」

パーティ用の華やかなドレスに身を包んだ玲子が、翠に語りかけてきた。

肉棒付き美少女のショーデビューを見逃せないと、みんな必死にスケジュールを調整したらしいと、玲子は笑った。

彼女にとってこのパーティでの人脈は重要なものなので、盛況が嬉しいのだろう。

「ああ……私……晒し者になるんだ」

また身体を震わせながら、翠は下に目を落とす。そこにはいっさいの布を身に着けていない白い身体があった。

Ｆカップの張りの強い巨乳の先端に、乳輪部がぷっくりとしたピンクの乳首がある。日を追うごとに丸みが強くなっている桃尻や、だらりとして揺れている肉棒も丸出しだ。

（珍獣を見るような目で、見られるのかな……）

肉棒がある以外はまさに女となったその身体を、好奇の視線に晒す。

泣きたいほど辛いことなのに、翠は身体の奥でメラメラと性感の炎を燃やしていた。

（ああ……私はマゾの変態女……）

ドアの隙間を覗き込みながら、翠は知らず知らずにヒップをよじらせる。その様子を見て玲子が笑みを浮かべているのにも、気がつくことはなかった。

「さあ、こっちだよ」

そのとき背後から男の声がして、翠ははっとなって顔をあげた。

ここはホテルの廊下だ。もしかすると従業員かもしれないと思い、ドキリとする。

「こんばんは、翠ちゃん！」

やって来たのはアキとシュウで、翠は少しほっとした。彼らは今日もビキニパンツ一枚の姿で、逞しい大胸筋を見せつけていた。

「ひっ！」

そして彼らの後ろにいた白い身体を見て、翠はこもった声をあげた。

自分と同じように一糸まとわぬ姿で豊満な乳房を晒した女には、股間に肉棒がついている。

「悠さん……」

その顔は自分と同じ、肉体を改造され、麗しい女のラインを持つ肉体の美女だったが、翠が言葉を失った理由は彼女に対する拘束具だ。

「ああ……翠ちゃん」

小さく喘いでいる悠は、ギロチンを思わせる穴が三つ空いた大きな板に、首と両手首を拘束されていた。

板の端に鎖が取り付けられていて、それをアキが引いていた。

その姿はあまりにみじめで、翠は言葉すら出なかった。

「さあ、翠ちゃんはこっちだ」

威圧的なタイプのシュウが、新たな板を持ってきた。ギロチンよろしく開くようになっていて三つの穴が空けられている。

「ああ……」

シュウの押しの強さとギロチン板の雰囲気に気圧され、翠は抵抗することもできず言いなりになってしまう。一度開かれた板が、翠の細い手首と首を挟んでガチャリと留められた。

恐怖で顔面は蒼白だが、翠の身体の芯は異様なくらいに熱くなっていた。

「さあ、行くわよ！　皆さん、お待ちかねだから」

玲子がかけ声をかけるのと同時に、悠の鎖をアキが、翠の鎖ををシュウが強く引いた。

「ああ……」

板に手と頭を固定された状態は、とにかくバランスが取りづらい。しかもシュウの力がかなり強いので、翠は脚をふらつかせる。

（ほんとうに、引き回されているみたい……）

女囚となった中世の女性が、みじめな姿で拘束されて街中を引きずり回される。いまの自分はまさにそれでないか。そう考えた翠は、自然と大きな瞳を潤ませる。

「もっとちゃんと歩けよ、翠ちゃん」

優しいながらも圧力のあるシュウの言葉が、胸に突き刺さる。すると全身が熱くなって溢れかけた涙が止まるのだ。

「は……はい……ああ」

湿った息を漏らしながら、翠はシュウの大きな背中の後ろを歩いていく。

女囚となって鎖を引かれる自分は、もういいなりになるしか道はない。そう思うとマゾの性感が燃えあがり、アナルと腸が疼いてたまらなかった。

「皆様、お待たせしました。今日の主役の二人の登場です！」

夢遊病者のようにフラフラと進む拘束された翠の耳に、司会の美智の声が聞こえてきた。

同時に目の前のドアが大きく開き、宴会場の中に引かれていく。

「おおっ！」

前回の倍はいるであろう大勢の視線が、一気に翠の細くしなやかな身体に集中する。すらりと伸びた真っ白な生脚、天が与えた愛らしい瞳や整った鼻筋。そしてプリプリとした桃尻に、人々は魅入られていく。

さらに、歩くだけで弾むたわわな乳房があるのに、下では萎えた肉棒がゆらゆらと揺れている。

「おお！　綺麗なバストだな。乳首もピンクだ」

違和感など消え去り、ずっとそこにあったかのように感じているFカップの膨らみにも、欲望のこもった多くの目線が向けられている。

その目線に翠のマゾに蕩けた身体はさらに燃え、視界も霞むような有様だ。

「ずいぶんと息が荒いな、翠ちゃん。乳首もビンビンだぞ！」

ゆっくりとした歩調で引き回される翠が、人々の真ん中あたりに行くと、聞き覚えのある声が耳に入った。

すぐそばで顔を好色そうに歪めているのは、O繊維の社長だった。前回、翠のバストを弄んだ手が再び伸びてきた。

「あっ、やっ、だめです！　あっ、あああん」

社長の右手が、翠の豊かな片乳を揉みしだいてきた。それだけで翠は乳房全体が痺れ、甘い声をあげて歩みを止めてしまう。

「おっぱいが大きくなっても、敏感さは変わらないな。ほれ、乳首はどうだ？」

甘い声を漏らして可愛らしい顔を蕩けさせる、美少女となった美少年。

社長は身体まで弾ませながら、翠の乳首をこね回してきた。

「あっ、あああっ、社長さん！　あああん、そんなふうに、ああっ」

翠は膝が痺れてしまって、その場に立ち止まる。この社長は乳首に執着している感じがあり、弄び方も巧みだ。

「あああっ、ああ、だめえ！　ああん、あああ」

板の穴に入れられた頭を振りながら、翠は甘い声をあげつづける。

まだ片方の乳首を責められているだけなのに、背中が何度も引き攣っていた。

「こっちの乳首も、ビンビンね」

社長の反対側から覗き込んできたのは大女優のアリサだった。今日はパープルの派手なドレスを来ているが、それもよく似合い明らかに一般人とは違う華やかなオーラをまとっている。

そんな彼女のしなやかな指が、反対側の乳房に伸びてきた。

「はあああん、アリサさん！　ああん、両方なんて、ああん、だめえ！」

手と首を通した板の下で二つの巨乳がいびつに形を変え、乳首が押しつぶされる。

視姦される愉悦に震えていた翠の肉体は、この敏感な二カ所への刺激に溶け堕ち、指の先まで熱く痺れるのだ。

「我々も、いいですかな？」

他にも数人の人間が翠を取り囲み、その手をいっせいに伸ばしてきた。

「あっ、ああっ、こんなの……はあああん、あああっ！」

数えられないくらいの手が翠の白い肌を撫で回し、脇をなぞったり、尻肉を揉んだりしてくる。

それらすべてが快感に変わり、翠は拘束された身体をのけぞらせて喘ぐ。

「あああん、あああっ、やだっ！　ああっ、ああああ」

毎朝のように痴漢にあっているときと同じように、全身をくまなく人の手が刺激してくる。

電車内と違うのは、声を出すのを我慢する必要がないことだ。

「あああっ、そこ！　あああっ、だめっ！　ああっ、あああ」

背中まで突き抜けていく痺れに、翠は電車で我慢していた分もぶつけるようによがり狂うのだ。

（ああ……すごい数の手が……）

身体の部位を問わずに、全身を無数の手のひらが這い回っている気がする。

その感覚にマゾの欲望を昂らせたとき、さらなる場所に手が侵入してきた。

「ひっ、ひあああああん！」

最後に狙われたのは、身体の中で一番の性感帯となっているアナルだった。

しかも指が二本、同時に肛肉を割り開いていて、翠は丸みを帯びている白尻を揺らして喘いだ。

「柔らかいアナルだね、すっぽりと指を呑み込んでくれた！」

「そうですね、でもちゃんと締めつけもある！」

背後から男二人の声が聞こえた。なんと翠の肛肉を割り開いてきた指は、一人のものではなかった。

二人の男がそれぞれ指を一本ずつ挿入しているようで、それが徐々に左右に開いていく。

「ひゃっ、だめっ！　あああん、ああああ！」

セピア色のアナルが大きく伸びながら口を開け、腸壁が露になる。

自然とお尻を後ろに突き出した翠は、ギロチン板の重みに負けて前のめりに倒れそうになる。

それをシュウががっちりと支え、男二人のアナル嬲りは続行された。

「奥の奥まで丸見えだよ、翠ちゃん」

また別の男の声が、翠のショートボブの頭の後ろで聞こえた。なにをされるのか振り返りたいが、ギロチン板から出した頭はほとんど動かすことができなかった。

「中を少し可愛がってあげよう！」

その声がしたと同時に、大きく開いているアナルの中に、もう一本の指が侵入してきた。

翠の肛肉はよほど拡張されているのか、肛肉には触れずに直接腸壁を擦った。

「あっ、いやっ！　そんな、あああっ、あああああん！」

予想もしない刺激に、翠は大きな瞳をさらに見開いて絶叫する。

三本目の指はコリコリと直腸の粘膜を責めていて、むず痒さを伴うたまらない快感が翠の身体を駆け抜けた。

「ひあああん、あああっ、許してえ！　ああ、あああああ」

アナルを無視して直腸のみを刺激されると、なにか生き物が腸内で這い回っているような錯覚に陥る。

いまの翠の肉体はそれに敏感に反応し、背骨まで震わせるくらいの快感をまき散らすのだ。

「あっ、あああっ、だめえ！　あああっ、あああ」

逞しい筋肉男が支えるギロチン板から首と手を出した美少女が、アナルを驚くほど拡張されながら中を刺激され、巨乳と萎えた肉棒を揺らしてよがっている。

さらには先端からヨダレまで滴っていて、その異様な光景を見つめる観衆たちも、ヒートアップして全員が目を血走らせていた。

「あっ、翠ちゃん！　あああっ、あああああ」

身体が痺れ落ちるような快感の中で、周りなど見る余裕もなかった翠だったが、悠が自分の名を呼んでいるのが聞こえて目を開いた。

そこには、自分と同じようにギロチン板に拘束された悠がいて、丸みのあるお尻が翠のほうを向いていた。

真っ白な尻肉の真ん中で、悠のアナルは翠と同じように男たちの手で左右に大きく開かれ、薄肌色の腸壁を覗かせていて、なんとその部分を筆で刺激されていた。

「ああっ、悠さん！　あああっ、ひっ、いやっ！　ああああああ」

悠の肛肉は驚くくらいに拡張されていて、翠はそれに自身の姿を見て悲鳴をあげた。

そんなとき、ふわりとしたものが外気に晒されている腸壁に触れた。同じように、翠にも筆責めが始まったのだ。

「あああっ、はあああん！　あああっ、こんなの……ああっ、ああ」

すっかり蕩けている腸壁を柔らかい毛先が擦り、強烈な快感に直腸全体が震えた。

筆は腸壁だけでなくアナルもやわやわと刺激していて、翠は意識を途切れさせながらよがり泣いた。

「さあさあ、皆様そのあたりで。あんまり責めたら、二人ともステージにのぼる体力がなくなってしまいますわ！」

悩乱の境地へと二人の肉棒付き美女が呑み込まれようとしたとき、玲子が両手を叩いて大きな声をあげた。

ステージには、いつの間にか三本の黒い鉄の角棒が立てられていた。棒の間隔を見ただけで、それはこの板を付けたまま翠と悠を固定するものだとわかった。

「さあ、ここからが本番だよ、翠ちゃん」

大きく広げられていたアナルからも指が抜き去られ、ようやく呼吸を取り戻すと同時に物足りない気持ちに陥っている翠を、シュウが乱暴に引き回していく。

もう抵抗する気力などあるはずもなく、翠は素直にステージに登った。

「ああ……」

予想どおり、角棒の間にギロチン板が、観客のほうに向けて止められた。

翠と悠は九十度に腰を曲げて隣り合って、板から顔と両手を出している。刃はついていないが、まさにこれから刑を執行されようとしている女囚だ。

「さあ、いくぜ！　翠ちゃん」

そんなみじめさにもマゾの快感を昂らせる翠のヒップの谷間に、硬いモノがあたる。

翠の板を角棒に固定したあと全裸になったシュウが、いきり立つ怒張を挿入しようとしていた。

「待って、あっ、ああ、はううううう！」

身も心も蕩け、マゾの昂りを抑えきれない翠が焦った理由は、シュウの肉棒の巨大さにあった。

口に入れたさいに顎が裂けるかと思った巨根が、アナルに入るというのか。ただ、翠の思いとは裏腹に、肛肉に痛みはほとんどない。

「ああっ、はあああん、大きい！　あああっ」

振り返ることができないから、アナルで野太い逸物の圧力を感じ、翠は淫らな声をあげた。

骨盤ごと開かれている感じだが、それがまたたまらない。

「はうっ、おチ×チン！　ああん、あああ」

隣では、悠がさっそく感極まった声をあげている。その様子を観客たちが、ステージに群(むら)がって見つめている。

ギロチン板の高さが、ちょうど観客たちの頭の位置とそう変わらないので、視線があうのが辛かった。

「はうっ、あああっ！　こんなの……あああん、あああっ！」

翠は隣の悠のことを気にしている余裕などない。シュウの熱く巨大な剛直がアナルを押し開いたあと、直腸にまで侵入してきた。

亀頭から張り出したエラが、腸壁をこれでもかと抉りながら突き進んでくる。

「あああっ、あああん、すごい！　ああっ、これっ、はああん！」

恐ろしいほどの巨根を翠のアナルは歓迎するように受け入れ、同時に腰を折った身体全体が快感に痺れ堕ちていく。

頭の中でなにかが弾けるような感覚があり、ただ唇を大きく割り開いたまま喘ぐばかりだ。

「ちゃんと翠ちゃんの気持ちいいところ、突いてあげるからな！」

ギロチン板の向こうからシュウの声が聞こえたのと同時に、彼の亀頭部が前立腺側の腸壁を抉ってきた。

その威力は凄まじく、前立腺が大きく歪まされている。

「ひあああ、あああっ！　これっ、あああっ、ああああああ！」

翠は狂ったように、喘ぐばかりだ。立ちバックの体勢でギロチンにかけられた儚げな女囚は、ピンクの舌を出しながらよがり狂う。

「すごい顔になるんだな。まさにケダモノだ！」

ネットではすごい美少女だ、ほんとうに男性なのかと人気に火が点いた翠が、愉悦に顔を崩壊させる様子に、客たちも唾を飲み凝視している。

　彼らの呟きが胸に刺さる感覚すら心地良く、翠はあえて蕩けた瞳を彼らに向けるのだ。

「あっ、あああああっ、先輩！　あああっ、はあああん！」

　目の前に群がる群衆の一番後ろに、翠が見知った顔があった。それは翠にＭＭ社を紹介してくれた、地元の先輩の増村だった。

（ああ……最初から私をこうするつもりで、玲子さんに紹介したのね……）

　増村は他の客たちと同じように目を血走らせて、ステージの上でよがり泣く翠を見つめている。

　その彼の表情から、翠は自分が罠に嵌められていたのだと理解した。

（ああ……でももう、どうでもいい……）

　睾丸を取られて、乳房を付けられて異形の肉体にされたのが、最初から仕組まれていたのだと知っても、なぜか翠の心に怒りはわかなかった。

（私……きっとこうなるために、生まれてきたの……）

　肉棒が腸壁を抉るたびに、背骨がバラバラになるかと思うような快感が突き抜け、股間で揺れる萎えた肉棒から透明のヨダレが滴る。

凄まじい前立腺の悦楽に溺れきった翠は、もう他のことはどうでもよかった。

「あああっ、もうイク！　翠、メスイキしちゃう！」

なにもかも諦め、牝のケダモノとなった自分を受け入れた翠は、一気に悦楽の頂点に向かった。

ギロチン板に固定された白い身体を激しくよじらせ、巨乳を躍らせ亀頭から淫液を垂らしてよがり狂った。

「いいよ、イクんだ！　翠ちゃん、俺も出してやる！」

シュウも声をうわずらせると、渾身の一撃とばかりに強烈に腰を振りたててきた。

「はあああん、いい！　あああああん、たまらない、あああっ、アナルセックスいい！ああああっ、翠、牝犬になりますうう！」

翠は淫らな汗にまみれ、愉悦に蕩けた顔を客たちに見せつけながら絶叫した。

そこには、増村だけでなく、玲子たち四人の女もいる。

彼女たちに感謝の気持ちさえ感じながら、翠はエクスタシーを叫んだ。

「あああああっ、気持ちいい！　あああん、翠、あああっ、イク、イクううう！」

ギロチン板が軋むくらいに白い身体がよじれ、腰を折った下半身がガクガクと震えて巨乳が波を打った。

「うっ、俺もイクぞ！　くううう……」

翠の前立腺めがけて、シュウは強く亀頭を突き立て熱い精を放った。

「あああっ、出して！　あああああん、熱い！　ああっ、精子、すごい！　あああ……」

牡の体温を持った粘液が、腸壁に染み入る感覚すら心地良い。

（ああ……私、幸せ……もう一生マゾ奴隷でいい……ああ……たまらない……）

翠は恍惚とした表情を浮かべ、全身を貫く絶頂の快感に酔いしれる。

その大きな瞳からとめどなく溢れる涙は、もう悲しみのものではなく、歓喜の涙だった。

◉新人作品**大募集**◉

マドンナメイト編集部では、意欲あふれる新人作品を常時募集しております。採用された作品は、本人通知のうえ当文庫より出版されることになります。

【応募要項】未発表作品に限る。四〇〇字詰原稿用紙換算で三〇〇枚以上四〇〇枚以内。必ず梗概をお書き添えのうえ、名前・住所・電話番号を明記してお送り下さい。なお、採否にかかわらず原稿は返却いたしません。また、電話でのお問い合せはご遠慮下さい。

【送付先】〒一〇一-八四〇五 東京都千代田区神田三崎町二-一八-一一 マドンナ社編集部 新人作品募集係

魔改造 淫虐の牝化調教計画

著者◉小金井 響【こがねい・ひびき】

発行◉マドンナ社

発売◉二見書房

東京都千代田区神田三崎町二-一八-一一

電話 〇三-三五一五-二三一一(代表)

郵便振替 〇〇一七〇-四-二六三九

印刷◉株式会社堀内印刷所 製本◉株式会社村上製本所 落丁・乱丁本はお取替えいたします。定価は、カバーに表示してあります。

ISBN978-4-576-20139-9 ◉Printed in Japan ◉©H.Koganei 2020